Zeugnisse

Elisabeth Weber

Zeugnisse

OMNINO.

Impressum

Bibliografische Informationen der Deutschen Nationalbibliothek
Die Deutsche Nationalbibliothek verzeichnet diese Publikation in der Deutschen Nationalbibliografie; detaillierte bibliografische Daten sind im Internet über
http://dnb.d-nb.de abrufbar.

ISBN: 978-3-95894-112-0 (Print) / 978-3-95894-113-7 (E-Book)

Umschlaggestaltung: Matthias Weber, www.herr-weber.net

E-Book-Herstellung: Open Publishing GmbH

„Bedenke, dass
die menschlichen
Verhältnisse
insgesamt
unbeständig sind,
dann wirst du im
Glück nicht zu
fröhlich und im
Unglück nicht zu
traurig sein."

Sokrates

Prolog

Auf dem Einschulungsbild ist ein schmales kleines Mädchen mit Pferdeschwanz zu sehen, die Zuckertüte fest an sich gepresst, angezogen mit sich ringelnden großkarierten Strümpfen und einem kurzen Mäntelchen. Alles an dem Kind hätte noch ein bisschen gerade gezupft, hergerichtet werden müssen, aber weder der Vater noch der Fotograf hatten anscheinend einen Blick dafür gehabt. Anna erinnert sich nicht mehr an diesen Fototermin, aber eins weiß sie noch ganz genau. Als sie an diesem, ihrem ersten Schultag, aus der Schule nach Hause kam, stand für sie fest und sie verkündete es auch lauthals: „Ich will, wenn ich groß bin, einmal Lehrerin werden!"

Als Anna in die Schule kam, damals in den fünfziger Jahren des vorigen Jahrhunderts, war das keine große Sache. Für das Mädchen selber schon, aber sowohl die Familie als auch die Öffentlichkeit widmeten dem Schuleintritt längst nicht die Aufmerksamkeit, die diesem Ereignis heute zu Teil wird. So ist es auch zu erklären, dass nicht mal Annas Mutter an der Schuleinführung ihrer Tochter teilnahm, sondern wie an jedem anderen Tag zur Arbeit in die Fabrik ging, wo sie tagein tagaus Zigarren rollte. Also brachte Annas Vater sie zur Schule. Er war als Invalidenrentner sowieso zu Hause und besorgte auch den Haushalt.

Anfangs wurden die Pläne des sechsjährigen Mädchens noch belächelt, aber später nahm die ganze Familie Annas Idee durchaus ernst. Besonders Barbara, Annas Schwägerin, die Frau ihres ältesten Bruders, die Anna wie eine große Schwester liebte, bestärkte sie in ihrem

Vorhaben: „Ja, mach das ruhig, studiere, werde Lehrerin, du bist dafür geeignet. Außerdem kannst du als Lehrerin überall arbeiten, egal, wo du einmal wohnst oder was für einen Beruf dein Mann haben wird." Barbara musste es wissen, denn sie war selbst Lehrerin und arbeitete erst auf dem Dorf, aus dem ihr Mann stammte und zog später mit ihm in eine Stadt unweit von Berlin.

Dass Anna dann wirklich studieren konnte, hatte sie in erster Linie ihrem stark ausgeprägten Berufswunsch, vor allem aber auch ihrer Mutter zu verdanken. Die unterstützte sie ohne Wenn und Aber und geriet dabei oft bis an die Grenzen der Belastbarkeit, vor allem auch in finanzieller Hinsicht, da Annas jüngerer Bruder auch noch studierte. In dieser Zeit – Mitte der sechziger Jahre – war es noch nicht allzu selbstverständlich, dass auch Mädchen vom Lande zum Studium gingen und dazu ihre heimatliche Umgebung verließen. Viele von Annas Mitschülerinnen blieben im Dorf und nahmen dort eine Lehre in den ortsansässigen Näh- und Strickereien auf oder begannen eine Ausbildung in der nahen Kreisstadt.

Für Anna fing mit dem Studium am Institut für Lehrerbildung ihr Kindheitstraum an, Wirklichkeit zu werden. Da für dieses Studium kein Abitur erforderlich war, wohl aber ein sehr gutes Abschlusszeugnis der 10. Klasse, begann Anna mit gerade mal 16 Jahren zu studieren. Anders als bei ihrem Start als Schulanfänger war diesmal ihre Mutter dabei und begleitete sie samt Federbett ins Studentenwohnheim. Ein Foto über diesen Anfang existiert nicht. Anna erinnert sich aber genau, dass der Hausmeister dieses Internates die Neuankömmlinge im angetrunkenen Zustand empfing. Annas Mutter rückte daraufhin sofort der Internatsleiterin auf die Pelle und beschwerte sich sehr energisch über den besoffenen Hausmeister. Dieser bühnenreife Auftritt prägte sich bei Annas Mitstudenten so ein, dass noch Jahre später darüber geredet wurde. Annas Kommilitonen ahnten auf jeden Fall, von wem sie ihre resolute Art geerbt hatte. Die half ihr, auch in schwierigen Zeiten nicht zu verzagen und alle Hürden des Studiums zu nehmen, machte aber auch das Zusammenleben mit ihren Mitstudenten nicht immer einfach. Trotzdem blieb Anna während der gesamten Studienzeit im Internat wohnen, denn ihr gefiel das Leben in der „WG" und außerdem war es für 10 Mark! äußerst preisgünstig. Nach vier Jahren, mit Anfang 20, war sie bereits examinierte Grundschullehrerin oder wie es damals hieß – Unterstufenlehrerin.

Mit einem ausgezeichneten Zeugnis in der Tasche, startete sie ihr Berufsleben an einer Schule in einem kleinen Dorf unmittelbar an der innerdeutschen Grenze, nicht weit von ihrem Heimatort entfernt. Dabei war Anna sich gar nicht bewusst, wie nah sie dieser Grenze war, wenn sie jeden Tag mit dem Schulbus zu einer ehemaligen Fabrikantenvilla fuhr, in der mehrere Klassen übergangsweise unterrichtet wurden. Die Straße, die weiter ins benachbarte Hessische führte, war zugewuchert und als Straße fast nicht mehr zu erkennen. Ein Schlagbaum verhinderte sowieso die Zufahrt, aber es gab auch niemanden, der überhaupt dort lang fuhr. Wenn Anna im Sportunterricht mit ihren Schülern Geländeläufe absolvierte, schien nichts die Idylle zu stören und von einer undurchdringlichen Grenze war nichts zu sehen...

„Anna weiß, wofür sie lernt. Sie ist für das Neue begeisterungsfähig und hat eine freudig betonte Arbeitsweise. Sie ist sehr pflicht- und verantwortungsbewußt und vermag, selbstständig Aufgaben und Probleme zu lösen. Im Jugendverband zeichnet sie sich durch besondere Aktivität aus. Sie übt einen sehr guten Einfluß auf die Klassengemeinschaft aus."

Stempel – Schilleroberschule Roda, Roda, den 1.Juli 1967
Unterschriften:
Wernicke – Klassenleiter, Altmann – Direktor

1

Weitere vier Fachlehrer hatten Annas Abschlusszeugnis der 10. Klasse ebenfalls unterschrieben. Stimmte das, was auf diesem Zeugnis stand, heute auch noch? Heute, nach über zwanzig Jahren, im Jahr eins nach der „Wende"?

Zeugnisse, Abschlüsse, Bescheinigungen über Prüfungen und ähnliche wichtige Dokumente spielen eine große Rolle in dieser Zeit. Sie werden massenhaft vervielfältigt, müssen amtlich beglaubigt und vorgelegt werden. Vorgelegt den Leuten, die nun darüber entscheiden, ob man einen „ordentlichen" Abschluss hat oder nicht, oder ob man vielleicht doch nur irgendwie „reingerutscht" ist in den Lehrerberuf, reingerutscht und nur auf „Gnade" hofft, weiter beschäftigt zu werden.

Jeden Tag, wenn Anna die Zeitung aufschlägt, kann sie darüber lesen, wer so alles als Lehrer tätig war und es auch noch ist, es aber bald nicht mehr sein wird.

„Überprüfungen angelaufen", „Alle Lehrer müssen Fragebögen ausfüllen", so lauten heute die Meldungen im Lokalblatt, das längst Herausgeber aus dem Westen hat. Ja, so ist das. Auch Anna hatte den Berg von Unterlagen, den es auszufüllen galt, entgegengenommen:

Personalbogen, Erklärung über Mitgliedschaft oder Verbindungen zu bestimmten Organisationen oder politischen Parteien, Auskunftsersuchen bei der „Gauckbehörde", Loyalitätserklärung zu Grundgesetz und Rechtsstaat und beglaubigte Zeugniskopien.

Ja, natürlich Zeugnisse, die durften auf keinen Fall fehlen. Die Schulsekretärin, die für alle Kollegen das Kopieren dieser wichtigen Dokumente übernahm, bemerkte nur mit etwas Häme in der Stimme: „Man kann nur staunen, was bei dem einen oder anderen so auf dem Zeugnis zu lesen ist, aber ich darf ja nicht darüber sprechen,“ und ließ es auch tatsächlich mit einem tiefen Seufzer bewenden.

2

Aber mit ihren Zeugnissen hatte Anna keine Probleme. „Anna weiß wofür sie lernt..."

Sorgen hatte sie, Sorgen, die sie bis jetzt nicht mal dem Namen nach gekannt hatte: Georg, Annas Mann, war seit Mitte Februar auf „Null-Kurzarbeit" und verbrachte seine Tage mehr oder weniger sinnvoll mit Haus- und Gartenarbeit. So präsentierte sich der Garten in der nahen Kleingartenanlage „Am Wildbach" als ein echter „Kurzarbeitergarten", nämlich etwas zu gut gepflegt.

Wenn sie mittags aus der Schule kam, empfing sie Georg mit dem Mittagessen, verwöhnte sie mit Nachtisch und nervte sie mit Redseligkeit: „Erzähl doch mal! Wie war dein Tag? Was gibt es Neues? Weißt du schon, wie es mit deiner Schule weitergeht?" Aber Anna war es einfach nicht gewöhnt, unmittelbar nach anstrengendem Unterricht zu erzählen, auf Fragen zu antworten, überhaupt damit konfrontiert zu werden, dass jemand zu Hause war, der auf sie wartete. Bis jetzt war sie auch nie in diese Verlegenheit gekommen, da Georg ja auf Arbeit war und frühestens am späten Nachmittag nach Hause kam.

Anna hatte ein schlechtes Gewissen ihrem Mann gegenüber: Er erwartete sie schon ungeduldig, gespannt auf Neuigkeiten, ihm fiel die Decke auf den Kopf.

Und sie? Sie fühlte sich erschöpft und wollte erst mal ihre Ruhe. Einfach nur gewöhnungsbedürftig diese Situation!

Aber eigentlich wollte sich weder Anna noch Georg an diese Situation gewöhnen, nein, man wollte sie so schnell wie möglich beenden, sie hinter sich lassen wie eine schwere Krankheit. „Ist doch wunderbar, wenn dich dein Mann mit dem Mittagessen empfängt...", meinte eine von Annas Kolleginnen, "...ich an deiner Stelle, würde mich freuen." Ja doch, ich freu' mich ja, dachte Anna gequält, aber doch nicht tagaus, tagein, ein Mann braucht seine Arbeit! Punkt!

Also Bewerbungen schreiben, zu Vorstellungsgesprächen fahren und am Ende mehr und mehr den Mut verlieren. So erging es Georg. Hier war auch für Anna das eigentliche Feld, das beackert werden musste. Georg brauchte ihren Zuspruch: „Nur Mut, du packst das schon! Du hast eine solide Ausbildung als Werkzeugmacher (braucht heute kein Mensch mehr!), dein Abschluss als Diplomingenieur für Maschinenbau ist auch hieb- und stichfest (Ingenieure gibt's hier wie Sand am Meer!) und überhaupt: Wer Arbeit sucht, der findet auch welche!" (Wie sie dieses Schlagwort hasste!)

Sicher, die Familie musste noch nicht am Hungertuch nagen: Annas Lehrergehalt lief weiter und Georgs Kurzarbeitergeld wurde auch gezahlt, sogar ein paar Prozent mehr als allgemein üblich, da die IG Metall für ihren Bereich diese Mehrprozente erkämpft hatte. Aber selbst im trauten Familienkreis, der natürlich nicht (noch nicht!) von Arbeitslosigkeit oder Kurzarbeit betroffen war, gab es die unerschütterliche Meinung, dass man „denen" – Arbeitslosen, Kurzarbeitern und ähnlichen Spezis – doch das Geld in den Rachen werfe und das für nichts und wieder nichts.

Da konnte einem schon die Galle hochkommen, aber Anna hatte bei diesen unerquicklichen Diskussionen tapfer geschluckt und nicht wie sonst das Widerwort gehalten. War sie es leid oder hatten sie alle guten Geister verlassen?

3

Schade, dass die schönste Zeit der „Wende" so schnell vorbei gegangen war:

Der Herbst 89! Die Zeit, als man im Dialog stand, die Zeit, als alles möglich schien die Zeit, die Geschichte machte oder in der Geschichte gemacht wurde.

Immer wenn sie darüber nachdachte, fiel Anna dabei die große Demonstration am 4. November in Berlin ein, die größte Demonstration überhaupt, die es jemals in der DDR gegeben hatte.

Friedlich, mit viel Witz, mit Geist und Herz waren die Leute auf der Straße.

„Keine Gewalt!" Diese Losung stand über allen anderen. Und es regierte tatsächlich Gewaltlosigkeit. Die Redner auf der Tribüne des Alexanderplatzes übertrafen sich gegenseitig. Jeder legte das Herzblut in seine Worte, aber auch jede noch so winzige Falschheit wurde vom Publikum registriert und entsprechend kommentiert. Also wechselten sich tosender Beifall und laute Pfiffe ab, gab es lauthals Zustimmung, aber auch genauso entschiedene Ablehnung. Zu Hause bei Anna und Georg lief pausenlos der Fernseher, die ganze Familie war gefangen von diesem Ereignis. Selbst die beiden halbwüchsigen Söhne schauten mit wachsender Begeisterung zu, auch wenn sie viele der Redner, die bei dieser Demo auftraten, nicht kannten: Stefan Heym, Christa Wolf, Johanna Schall, Jan Josef Liefers, Markus Wolf, Günter Schabowski, Bärbel Bohley, Friedrich Schorlemmer, Christoph Hein und, und, und.

Unterschiedlicher konnte die Rednerliste wohl nicht sein: Der Bürgerrechtler neben dem Politbüromitglied, der aufmüpfige Schriftsteller neben dem ehemaligen Stasigeneral, der junge Schauspieler neben dem Mann der Kirche. Die nicht mehr ganz so junge Schauspielerin Steffi Spirach, die dort auf dem Alexanderplatz ebenfalls sprach, gefiel den beiden Jungs besonders gut, denn sie forderte für ihre Enkel auf ihre unnachahmliche Art: „Kein Staatsbürgerkundeunterricht mehr!"

„Als hätte einer die Fenster aufgestoßen...", so beschrieb Stefan Heym an diesem denkwürdigen Tag die Situation in der DDR. Ja, er hatte recht, ein frischer Wind zog durch die Republik. Anna glaubte, so etwas wie Aufbruchstimmung zu spüren. Veränderung lag in der Luft!

4

Ganz plötzlich holte Anna der Alltag wieder ein: Ein Anruf der Nachbarn aus Roda informierte sie kurz und knapp, dass ihre Mutter schwer erkrankt sei. Anna fuhr mit dem nächsten Bus in ihr Heimatdorf und fand die Mutter in einem bedenklichen Zustand vor: Ständiges Erbrechen quälte sie, selbst Tee behielt sie nicht bei sich und dazu starke Schmerzen. Der herbeigerufene Notarzt verschrieb zwar Tabletten, die natürlich auch sofort wieder erbrochen wurden und so keinerlei Wirkung zeigten.

Als die Mutter mehr und mehr abbaute, ging Anna erneut zu den Nachbarn, um mit dem ärztlichen Notdienst zu telefonieren, denn über ein eigenes Telefon verfügte weder die Mutter noch Anna. Nach quälendem Warten, mittlerweile war es abends halb elf, wies der nächste Notarzt die Mutter ins Krankenhaus ein. Die Fahrt ins 20 Kilometer entfernt liegende Krankenhaus wurde zur Tortur, sowohl für die stark geschwächte Mutter als auch für Anna, die mit ihr litt. Als sie endlich dort ankamen, wurde die Mutter sofort untersucht und die Diagnose gestellt: Eine schwere Nierenerkrankung! Bedeutete diese Erkrankung Lebensgefahr? Müsste Anna nicht ihre Brüder über den bedenklichen Gesundheitszustand der Mutter informieren? Diese Fragen schwirrten Anna durch den Kopf. „Ja, es ist wohl angebracht, dass sie ihre Angehörigen benachrichtigen," meinte der Arzt, „man kann das Schlimmste nicht ausschließen."

Wie in Trance verließ Anna endlich weit nach Mitternacht das Krankenhaus, ein weiter Weg durch die Stadt stand ihr bevor. Doch da, welch Wunder, bot ihr ein Krankenwagenfahrer an, sie mitzunehmen. Erleichtert stieg Anna ein und erreichte so wenig später ihre Wohnung. Erst da konnte sie weinen, erst da brachen all die Angst und die Sorgen um die Mutter aus ihr heraus. Georg tröstete sie so gut er konnte: „Wart ab, noch ist nichts verloren".

5

In den nächsten Tagen schien sich die Erde schneller als sonst zu drehen. Die Ereignisse überschlugen sich förmlich: Nach weiteren Demonstrationen in verschiedenen Städten, nach der Ankündigung eines neuen Reisegesetzes für die DDR-Bürger hieß es plötzlich am Abend des 9. November, die Familie saß gerade beim Abendbrot: Ab sofort können Reisen ins Ausland, das heißt einschließlich der Bundesrepublik Deutschland, ohne Vorlage von Gründen über jeden Grenzübergang der DDR erfolgen!

Der das auf einer im Fernsehen übertragenen Pressekonferenz verkündete, hieß Günter Schabowski und ging mit diesem Satz in die Geschichte ein. Ob er tatsächlich begriff, was er da gesagt hatte, ist bis heute nicht geklärt. Er wurde noch von einem Journalisten gefragt, ab wann diese Regelung denn gelte? „Das gilt meines Wissens nach ab sofort! Unverzüglich!“, war Schabowskis etwas nebulöse Antwort.

Ab sofort stand die Welt offen? War das tatsächlich so gemeint? Nein, so war das natürlich nicht gemeint. Selbstverständlich musste man erst ein Visum haben und außerdem sollte doch alles seinen geordneten sozialistischen Gang gehen. Und war nicht tatsächlich gemeint, dass nur diejenigen, die die DDR für immer verlassen wollten, über jeden Grenzübergang ausreisen konnten? Ging es nicht darum, endlich den Druck von den Botschaften in Prag, Warschau, Budapest und wo auch immer zu nehmen, wo ja Tausende von DDR-Bürgern ihre Ausreise erzwungen hatten und andere noch immer ausharrten? Für Anna stellten sich all diese Fragen, aber weder Georg noch die bis in die Nacht verfolgten Fernsehnachrichten konnten darauf eine schlüssige Antwort geben.

Doch was sich da jetzt in Gang setzte, darüber konnte der gelernte DDR-Bürger nur staunen, sich wundern, fast Angst bekommen und sich freuen: In Berlin zogen hunderte von Menschen zum Grenzübergang Bornholmer Brücke, zur „Mauer“, und erzwangen tatsächlich, dass diese Mauer geöffnet wurde. Die Grenzposten dort waren völlig überfordert, sie wussten nicht, was sie tun sollten, denn sie hatten keinerlei Befehl, die Grenze zu öffnen. Und trotzdem taten sie es. Das war für Anna das eigentliche Wunder: Niemand von den Leuten, die unmittelbar am Grenzzaun standen, verlor die Nerven. Nicht auszudenken, was passiert wäre, wenn auch nur ein einziger Soldat oder ein übereifriger Offizier geschossen hätte!

Aber so lief alles ab wie im Film: Freudetrunkene Menschen lagen sich in den Armen, das Unmögliche war eingetreten: Die Mauer war gefallen! Nach über 28 Jahren, in denen sie wie ein Bollwerk stand, war sie auf einmal durchlässig wie ein einfacher Lattenzaun und wurde von den Leuten förmlich überrannt. Die Bilder im Fernsehen waren auch für Anna und Georg völlig unwirklich.

Am nächsten Tag bildeten sich unendlich lange Schlangen von Menschen vor den Polizeiämtern, alle darauf erpicht, ein Visum zu bekommen. Aber Visum war eigentlich der falsche Begriff – ein Stempel in den Personalausweis – das war's. Auf ging's Richtung Westen! Auch hier in der Republik an der innerdeutschen Grenze boten sich die gleichen Bilder wie in Berlin: Sich freuende, jubelnde Menschen, die nur ein Wort sagen konnten: WAHNSINN! Eine Grenze, die unüberwindlich schien, hatte sich geöffnet, wie von allein. War das ein Wunder oder mehr ein ganz, ganz dummer Zufall?

Annas Mutter im Krankenhaus bekam von dem ganzen Trubel nur sehr, sehr wenig mit. Zum Glück ging es ihr wieder besser und sie durfte die Intensivstation verlassen. Aus dem winzigen Kofferradioradio einer Mitpatientin erfuhr sie nur bruchstückhaft von der Öffnung der Grenzen. Angst beschlich sie, helle Aufregung erfasste sie. Als sie auch noch mitbekam, dass ganz in der Nähe ihres Heimatortes ein Grenzübergang nach Hessen geöffnet wurde, mündete ihre Angst in einer Herzattacke. Erst durch Spritzen konnte sie wieder beruhigt werden. Anna erzählte sie dann im Nachhinein: „Ich hatte unheimliche Angst, dass jetzt alle – auch ihr – in den Westen gehen und ich bleibe ganz allein hier im Osten zurück." Waren das zum Glück nur die Ängste einer alten Frau? Oder eine dunkle Vorahnung, auf das, was irgendwann tatsächlich passierte?

6

Nach dem Krankenbesuch bei der Mutter am darauffolgenden Sonntag beschlossen Georg und Anna mit den Kindern sich auch in die Schlange der nach Westen fahrenden Autos (es waren in erster Linie Trabis) einzureihen. Schon am Stadtrand standen sie im Stau, der sich nur schrittweise vorwärtsbewegte. Sehr schnell war ihnen klar: Der Westen musste auf die vier noch ein bisschen warten. Hat man 40 Jahre gewartet, kam es jetzt auf ein paar Tage auch nicht mehr an.

Aber ausprobieren wollte man die neue Freiheit schon. Also auf, ins ehemalige 5- Kilometer- Sperrgebiet, wenigstens in die Nähe der Grenze sollte es gehen. Und tatsächlich:

Auch hier wie durch Geisterhand geöffnete Schlagbäume, nirgendwo war auch nur ein „Posten", ein Grenzer zu sehen. Dafür empfingen sie Plakate und Spruchbänder:

„Herzlich willkommen am Fuße des Hülfensberg!"

Richtig, zum Hülfensberg könnte man fahren. Anna kannte den Berg und das sich darauf befindende Kloster aus ihrer Kindheit. Gemeinsam mit ihrer Mutter war sie dorthin „gewallfahrtet". Der Hülfensberg war sozusagen das Nationalheiligtum der Eichsfelder, selbst der heilige Bonifatius soll dort gepredigt haben. Annas Mutter hatte den Berg unzählige Male besucht, unter strengen Auflagen der Polizei war sie sogar im Oktober 89 mit einer Gruppe von Rentnern aus ihrem katholischen Heimatdorf dort gewesen.

Also ab in Richtung Hülfensberg, aber diese Idee hatten auch noch viele andere, so dass sich auf dem Berg

Himmel und Volk traf. Der einzige dort noch wohnende Mönch, Pater Erwin, begrüßte alle Gäste persönlich und bat darum, sich unbedingt in das ausliegende Gästebuch einzutragen. So füllte sich das Buch an diesem Tag bis auf das letzte Blatt und sogar der Einband wurde noch beschrieben.

Auf der Rückfahrt führte die Fahrt der vier Wanders unmittelbar am Grenzzaun entlang. War das Wirklichkeit? Ungläubig, mit offenem Mund, starrten nicht nur die Kinder auf die Grenzbefestigung, die so noch keiner von ihnen gesehen hatte.

Auf dem Berg war zur Feier dieses Tages das große Kreuz hell erleuchtet, wie es sonst nur an hohen kirchlichen Festtagen erlaubt war. Aber wer fragte jetzt noch nach Erlaubnis...

7

In der Schule herrschte derweil Ratlosigkeit: Was tun, wenn auch am nächsten Sonnabend wieder in allen Klassen eine große Anzahl Schüler fehlten, weil sie mit ihren Eltern nach dem Westen fuhren? Aber ehe man sich versah, hieß es von amtlicher Stelle: Ab sofort ist sonnabends schulfrei! So fiel der Sonnabendunterricht sang und klanglos weg und wurde mehr oder weniger auf die übrigen Wochentage verteilt. Auch eine Abstimmung mit den Füßen beziehungsweise mit Trabi und Wartburg oder auch mit der Bahn – Richtung Westen!

Das sogenannte „Zonenrandgebiet" erlebte einen ungeahnten Aufschwung, die Geschäfte in den grenznahen Städten Eschwege, Göttingen, Kassel und anderswo waren brechend voll. Die DDR-Bürger setzten ihr sogenanntes Begrüßungsgeld (immerhin 100 D-Mark!) sofort und vor Ort in die ach so begehrten Westprodukte um: Ob Kassettenrecorder oder Autoradio, ob Bananen oder Kaffee, ob Kaugummi oder Schokolade – es wurde gekauft, dass die Kassen heiß liefen und das Begrüßungsgeld blieb genau dort, wo es herkam: Im Westen!

Auch Anna, Georg und die Kinder erfüllten sich Wünsche, wenn auch sehr bescheidene, denn ein Wunsch war bei allen vier im Hinterkopf gespeichert: Ein Computer sollte ins Haus! Aber dafür reichte das „Westgeld" nicht. Man würde sich also gedulden müssen. Aber wie sagte schon das Sprichwort: Kommt Zeit, kommt Rat. Aber hatte man Zeit, in diesen so schnelllebigen Zeiten?

Wie sollte es überhaupt weitergehen? Westgeld – Ostgeld – war das die alles entscheidende Frage?

8

Aus dem Ruf der Leipziger Demonstranten „Wir sind *das* Volk“ war mittlerweile der Slogan „Wir sind *ein* Volk“ geworden. Woher dieser Sinneswandel?

Und plötzlich, wie aus dem Nichts, stand sie vor der Tür – die verlorengegangene Tante – die Wiedervereinigung. Für die Menschen ihrer Generation (Anna war Jahrgang 1950) war DAS nie ein Thema gewesen. Und nun rollte sie im D-Zug-Tempo auf die DDR und ihre Bewohner zu – unaufhaltsam.

Anna war dieses Unaufhaltsame sehr schnell bewusst geworden und das schlagartig. Die Bilder vom Besuch des Bundeskanzlers Helmut Kohl in Dresden, die sie im Fernsehen sah, waren das Schlüsselerlebnis. „Helmut, Helmut!“ schreiende Menschen, schwarz-rot-goldene Fahnen im Wind und ein äußerst unglücklich wirkender und sich sicher auch völlig überflüssig vorkommender Noch – DDR - Ministerpräsident Hans Modrow neben dem alles versprechenden großen Kanzler Kohl. „Ich glaube, das war's mit der DDR“, sagte Anna ahnungsvoll zu Georg. Annas Mutter, die sich nach ihrer schweren Nierenerkrankung nur langsam erholte und daher eine Zeit lang mit im Haushalt der vier Wanders wohnte, kommentierte das Geschehen auf ihre eigene unnachahmliche Art „1913 wurde ich unterm Kaiser geboren, habe 1934 unter Hitler geheiratet und den schrecklichen Krieg mitgemacht, habe unter Ulbricht und Honecker gelebt und nun erlebe ich auch noch den Kohl.“

Der Zug der Wiedervereinigung hatte sich in Bewegung gesetzt, die DDR-Bürger hatten diesen Zug angeschoben und mit sicherem Instinkt waren viele Trittbrettfahrer aus Ost und West aufgesprungen – auf einen Zug, dessen Geschwindigkeit sich rasch erhöhte. Waren die Weichen richtiggestellt? Die Signale gesetzt? Der Zielbahnhof klar? Fragen über Fragen!

In der Schule hatte sich derweil ein anderes Übel breitgemacht: Profilierungssucht. Keiner wusste zwar so richtig, wohin das DDR - Schiff „Polytechnische Oberschule“ schipperte, aber auf jeden Fall wollte kaum einer verpassen, auf den neuen, den vermeintlich richtigen Dampfer aufzuspringen, egal wohin der auch fuhr.

Erstmal überwog die Neugier auf alles, was aus dem Westen kam: Lehrbücher, Unterrichtsmaterial, Zeitungen, Zeitschriften wurden geradezu verschlungen. Und als sogar ein Arbeitsbesuch in einer Schule im benachbarten Hessen auf dem Programm von Annas Kollegium stand, war das Interesse riesig. Lange hatte man im eigenen Saft geschmort und war nun gespannt, wie man Schule auf der anderen Seite der Grenze gestaltete, wie man dort Bildung vermittelte.

Dabei wurde allen nach anfänglichem Staunen über die Ausstattung der Schule schnell klar: Auch hier wurde nur mit Wasser gekocht.

Als Anna dann noch gemeinsam mit einer Kollegin Anfang Mai 1990 in einer 1. Klasse dieser Schule hospitierte, bestätigte sich der erste Eindruck: Schülern das Lesen und Schreiben beizubringen war hüben wie drüben nicht einfach. Ihre Kollegin meinte nur: „Ich glaube, wir brauchen uns wirklich nicht verstecken. So wie die hier arbeiten, das können wir auch, manches vielleicht sogar ein bisschen besser."

9

Mit gestärktem Selbstvertrauen fuhr Anna wieder heim, ihre zukünftige 1. Klasse wartete schon auf sie.

Doch davor musste erst die 4. Klasse zum Abschluss gebracht werden, wenn man in diesem Alter überhaupt von einem Abschluss sprechen konnte. Es war wohl eher eine Zwischenstation. Außerdem: Was oder wen interessierte schon die Schule, wenn es ab 1. Juli das langersehnte Westgeld gab!! Was vor ein paar Wochen noch als fast unlösbares Problem erschien, wurde durch die sogenannte Wirtschafts- und Währungsunion Wirklichkeit: Westgeld für alle! Die DDR-Bürger durften ihre „weiche" Ostmark, die sogenannten „Aluchips" in die ach so heiß begehrte „harte" Westmark umtauschen, zwar nur einen Teil im Verhältnis 1:1, aber was machte das schon, dass ein großer Teil 1:2 getauscht werden musste.

Einer von Annas Schülern sah die ganze Sache sehr pragmatisch: „Ich bezahle doch das Milchgeld (für die Trinkmilch in der Schule) nicht mit Westgeld!" Er dachte genau wie so viele andere, die lieber weiter Miete, Strom und auch Klopapier mit Ostmark bezahlt hätten und sich die gute Westmark für die schönen Dinge des Lebens aufgespart hätten. Ein typischer Fall von „Denkste!", der die harte Landung in der Wirklichkeit der Marktwirtschaft für die meisten Zeitgenossen nicht leichter machte.

Anna und Familie erlebten die ersten Segnungen dieser „Wirtschaft" bei ihrem letzten FDGB-Urlaub. In der DDR organisierte der „Freie Deutsche Gewerkschaftsbund" auch den Urlaub für die „Werktätigen" und fast jeder schätzte sich glücklich, einen der begehrten Urlaubsplätze zu ergattern. Unmittelbar nach der Währungsunion fuhren die Wanders also ins Zittauer Gebirge. Da auch im Ferienheim keiner so richtig wusste, wie man mit dem neuen Geld klarkam, wurde „auf Teufel komm raus“ gespart und die Essensportionen äußerst knapp kalkuliert. So kam es dazu, dass jede Scheibe Brot, jede Tasse Tee, die hauptsächlich die Söhne zusätzlich verzehrten, extra bezahlt werden mussten. Aber: Überall konnte man ja jetzt Schöller-Eiscreme (oder war es Langnese?) kaufen! Hm, einfach köstlich! Doch der Mensch lebt nun mal nicht von Eiscreme allein...

Zum Beispiel braucht der Mensch neben Brot auch noch Spiele, Fußballspiele...

Und als die Bundesrepublik Deutschland auch noch Weltmeister wurde in diesem verheißungsvollen Jahr, schien der Jubel grenzenlos. So grenzenlos, wie sich das vereinte Deutschland dann auch am 3. Oktober 1990 präsentierte.

In der Schule wurde dann auch gleich für alle die neue alte Nationalhymne kopiert und verteilt: Man sollte schließlich präpariert sein und nicht ohne Gesang dastehen, wenn es einmal recht feierlich würde, so wie an diesem ersten „Tag der deutschen Einheit“.

Anna und Georg trafen sich an diesem so bedeutungsschwangeren Tag mit ihren Freunden in der Kleingartenanlage zum „Absommern“, dem alljährlich gefeierten Abschied vom Gartenjahr.

10

Ansonsten ging es eher weniger feierlich zu. Anna hatte genug zu tun mit ihrer 1. Klasse, aber die Arbeit mit den Schulanfängern machte ihr viel Freude, da sie bei den Erstklässlern den Erfolg des Lesen- und Schreibenlernens am unmittelbarsten erleben konnte. Präsentierten sich die sogenannten „Abc-Schützen" am Anfang des Schuljahres als Analphabet (von sogenannten Wunderkindern einmal abgesehen), konnten die allermeisten am Ende fließend lesen und auch alle Buchstaben in Schreibschrift schreiben.

Auf dem Schulamt – diese Bezeichnung hatte sehr schnell den Begriff „Abteilung Volksbildung" abgelöst – liefen mittlerweile die Vorbereitungen für die große Lehrer-Überprüfung auf Hochtouren. Oder sollte es doch eher eine Anhörung werden? Keiner hatte genaue Vorstellungen darüber, wie so eine Überprüfung ablaufen sollte. Umso mehr brodelte die Gerüchteküche, die durch tägliche Pressemeldungen immer wieder Nahrung erhielt. Besonders die aus dem benachbarten Hessen stammenden Zeitungen, die sich nun im Osten zu etablieren versuchten, übertrafen sich mit Meldungen und Kommentaren zur Menschenkategorie „Lehrer", die in ihren Augen natürlich ganz besonders „systemnah" und demzufolge suspekt waren.

Auf jeden Fall galt es, in jedem Schulkollegium einen sogenannten „Vertrauenslehrer" zu wählen, der bei den Überprüfungen Aussagen zum „Überprüften" machen konnte, oder der ihn zumindest kannte.

Anna war klar, dass von diesem Menschen mit über ihre weitere Zukunft entschieden wurde, auch wenn das andere Kollegen ganz locker sahen und dieser Wahl keine große Bedeutung beimaßen. Wer, wenn nicht dieser Vertrauenslehrer aus den eigenen Reihen, konnte etwas sagen über Annas Tun und Lassen in den letzten Jahren? Ob er zumindest versuchen würde, objektiv zu urteilen oder ob er sein Urteil stark subjektiv gefärbt wäre, das stand auf einem ganz anderen Blatt.

Die Wahl fiel dann auf einen Kollegen aus der Oberstufe, Naturwissenschaftler von Haus aus, der genauso lange an der Schule war, wie Anna selbst. Sie waren zwar nicht sehr vertraut miteinander, aber Anna hatte das Gefühl, dass hier eine gute Wahl getroffen worden war, ein integerer Mensch, der um seine Aufgabe wahrlich nicht zu beneiden war.

Aber noch war es nicht so weit. Sicher mussten auch erst mal die Fragebögen entworfen und gedruckt, die entsprechenden Strategien dieser Überprüfungen entwickelt werden.

So lief der Alltag wie gehabt, denn sehr, sehr schnell hatte man sich auch an die vermeintlichen Segnungen der Marktwirtschaft gewöhnt: Ob an die übervollen Regale in der einstigen „Kaufhalle", die jetzt zu EDEKA gehörte, oder an die an jeder Ecke aus dem Boden gestampften Verkaufstempel jeglicher Art. Ob Supermärkte, ob Baumarkt oder Aldi, der Osten mutierte zu einer einzigen unendlich langen Ladentheke, auf der die Westprodukte feilgeboten und natürlich auch von den wahrlich nicht verwöhnten BRD - Neubürgern gekauft wurden. Fuhren die unmittelbar nach dem Mauerfall gern nach dem Westen, um ihren Wocheneinkauf zu tätigen, war das nun nicht mehr nötig, denn es gab sozusagen alles vor Ort:

Eingeschweißte Wurst, in Hochglanzfolie eingepackten Kuchen, schon geschnittenes verpacktes Brot, Obst und Gemüse, das man zum Teil nicht mal mit Namen kannte, geschweige je gegessen hatte, Fisch und Käse im Überfluss und eben überhaupt alles wie im Westen. Fast genauso schnell war man auch mit den neuen Preisen vertraut und beinahe schlagartig sah man in den Müllcontainern im Wohngebiet kein weggeworfenes Brot mehr, denn dafür war es einfach zu teuer geworden. Für Georg und Anna bedeutete das aber keine große Umstellung, denn Brot wegzuwerfen galt in der Familie als große Sünde, so etwas tat man einfach nicht, das hatte man schon seit Kindheitstagen verinnerlicht. Blieb tatsächlich mal ein Stückchen übrig, brachte man es zu guten Bekannten, die Kaninchen hatten und wurde zum Dank einmal im Jahr zum Kaninchenbraten eingeladen.

11

Da nun alle Ostler nur noch Westprodukte konsumierten, dauerte es nicht lange und die am Ort ansässige Molkerei schloss ebenso ihre Pforten wie die Brauerei, denn selbstverständlich trank man nunmehr das Bier „aus dem Herzen der Natur“ oder ein anderes Gebräu, dessen Werbebotschaft man schon so lange aus dem Westfernsehen kannte. Gerade diese Botschaften fanden auch bei Annas Kindern offene Ohren, so dass erst mal Nudeln nach Art des Hauses verpönt waren und dafür das bekannte Produkt aus der Fernsehwerbung gekocht wurde. Gespannt und voller Erwartung setzte man sich zu Tisch. Doch wie groß war die Enttäuschung, dass dieses hochgelobte Nudelgericht, bei dem im Fernsehen die ganze Familie vor Wonne die Augen verdrehte, mehr schlecht als recht schmeckte. Marc, Annas und Georgs zehnjähriger Sohn brachte es auf den Punkt: „Koch die Nudeln lieber wieder wie sonst immer, das schmeckt doch viel besser!“ Eine Erfahrung, die so nach und nach fast jeder einmal machte und die bei sehr vielen Leuten sehr schnell wieder zur Rückkehr zu den alten Ernährungsgewohnheiten führte. Gerade noch rechtzeitig für den sich Ernährenden, aber zu spät für die ostdeutsche Wirtschaft, die mittlerweile den Bach runterging wie bei einem Frühjahrshochwasser. Die neu geschaffene „Treuhand“ tat ihr übriges, so dass viele Betriebe über kurz oder lang „abgewickelt“, das heißt geschlossen wurden.

So gehörten auch sehr schnell solche Vokabeln wie „Arbeitsamt“, „Abwicklung“ „Null-Kurzarbeit“ oder

„Evaluierung" zum neuen Sprachschatz. Während sich manche Wörter von allein erklärten, musste man bei vielen anderen erst im Wörterbuch nachschlagen. Warum also „Evaluierung" und nicht gleich „Beurteilung, Bewertung, Wertung"? Lehrer mussten sich vertraut machen mit Begriffen wie „Lehrplan-Implementation" und der Fachzirkel in der Schule wurde neuerdings „Fachschaft" genannt.

Neue Straßennamen gab es ebenfalls zu Hauf. In manchen Orten konnten allein die Straßennamen die Geschichte der letzten 80 Jahre erzählen. So erhielt die Dorfstraße in Annas Heimatdorf in mehr oder weniger großen Abständen folgende Namen: Hauptstraße, Adolf-Hitler-Straße, Hauptstraße, Stalinstraße, Hauptstraße, Ernst-Thälmann-Straße und nun zur Abwechslung mal wieder Hauptstraße. Es galt abzuwarten, wie es mit dieser „Namensgebung" weiter ging, oder ob man vorsichtshalber bei der unverfänglichen „Hauptstraße" bleiben würde.

Auch die Namen der Schulen machten die wechselvolle Geschichte des Landes deutlich, aber hier hatte die „Durchnummerierung" um sich gegriffen, so dass es weniger auffiel, wenn ein Name verschwand, den eh kaum jemand verwendet hatte.

Dass es für Liebknecht, Luxemburg, Thälmann und Pieck und für mehr oder eher weniger bekannte Arbeiterveteranen als Namensgeber keinen Platz im neuen Deutschland gab, das war natürlich klar wie dicke Tinte. Aber ob Leute wie Juri Gagarin, Sigmund Jähn oder Käthe Kollwitz genehm waren, das musste man erst mal abwarten.

12

Abwarten und Teetrinken, das wollte Georg eigentlich nicht und so verschickte er weiter fleißig Bewerbungen, die vielleicht auch mal zu einem Vorstellungsgespräch führten, aber letztendlich doch im Sande verliefen. Bis ihm der Zufall einen alten Kumpel über den Weg schickte: „Du bist auf Null-Kurzarbeit? Mensch, bei uns in der Firma hört ein junger Ingenieur auf, der hat was Besseres gefunden. Komm doch mal vorbei! Wir haben zwar auch einen Chef aus dem Westen, aber der ist in Ordnung. Ich spreche mal mit ihm, vielleicht klappt es und du kannst anfangen." So in etwa muss das Gespräch zwischen den beiden alten Schulfreunden verlaufen sein. Und es klappte tatsächlich!

Dabei spielten die Bewerbungsunterlagen eher eine untergeordnete Rolle, das persönliche Gespräch und die Empfehlung des Schulkameraden die Hauptrolle und so kam es, dass Georg, der Diplomingenieur für Maschinenbau, jetzt in „Gas, Wasser, Scheiße" machte, wie die Heizung- und Sanitärtechnik sich gern selbst bezeichnete. Dabei nahm man natürlich Bezug auf den Kultfilm der Branche „Werner", der gerade überall in den Kinos zu sehen war. Aber damit hatte Georg kein Problem. Wem war denn schon an der Wiege gesungen worden, womit er im vereinten Deutschland sein Brot verdienen würde? Und ein bisschen technisches Verständnis war sicher auch in diesem Job ganz nützlich, der sich „Außendienstmitarbeiter" nannte und darauf hinauslief, Handwerkern die neuste Sanitärtechnik, sprich Badewannen, Duschtassen (Ja, so heißt das nun mal!), Klobecken, Armaturen und anderes Zubehör und natürlich Heizungen zu verhökern.

„Außendienstler" – wer war nicht plötzlich alles Außendienstler, oder korrekt ausgedrückt „Außendienstmitarbeiter"!

Ob Leute aus dem Bekanntenkreis oder ehemalige Studienfreunde von Anna und Georg, fast jeder zweite war nun mit einer solchen Tätigkeit beschäftigt. Und was nicht alles verkauft wurde: Angefangen mit Gardinen und Dekostoffen, die der Mann von Annas bester Freundin vertrieb, über Küchen und Staubsauger, die ehemalige Kollegen von Georg jetzt an den Mann oder besser an die Frau zu bringen versuchten bis hin zu Versicherungen und Zeitschriften war alles dabei. Ein promovierter Studienfreund von Anna war nun mit dem Verkauf von Pflaster, Verbandszeug und Gipsbinden befasst und bereiste dazu den gesamten Osten der Republik. Der Doktortitel auf seiner Visitenkarte suggerierte den Kunden zudem, dass dieser Mann aus der Medizin-Branche kam und daher vom Fach war. Wen interessierte schon, dass es tatsächlich ein Dr. phil. war?

Es wurde verkauft, was nicht niet- und nagelfest war, goldene Zeiten schienen angebrochen.

Die einen Zeitgenossen entwickelten dabei ungeahnten Talente und waren bald echte „Verkaufsprofis", zur Freude ihrer jeweiligen Firmen und auch zur eigenen Bestätigung. Andere mühten sich eher recht und schlecht in diesem Geschäft und begriffen das ganze doch als einen wenig erquicklichen „Job". Aber wieder einen Job zu haben, das war die Hauptsache und so zog auch Georg jeden Tag wieder los, um Geschäfte abzuwickeln und

„Umsatz zu machen". Dieser „Umsatz" bestimmte fortan Georgs Leben und das der gesamten Familie.

Unentbehrlich für jede Art von Außendienst ist natürlich ein Fahrzeug. Georgs Fahrzeug war noch immer ein „Trabant", sicher das bekannteste und beliebteste und vor allem konkurrenzlose DDR-Auto. Das gute Stück hatte die Familie Wander noch im September `89 erworben, nach dreizehn Jahren, sechs Monaten und fünfzehn Tagen Wartezeit! So lange hatte es gedauert, bis der IFA-Vertrieb die Bestellung vom Februar 1976! ausliefern konnte. Anna und Georg hatten da gerade ihren ersten Sohn bekommen und Georg meinte mit Stolz in der Stimme: „Hab' ich's zum Sohn gebracht, werde ich es auch zum Trabi bringen!" und füllte den Bestellzettel aus. Nun hatte er so lange gewartet und mit ihm die ganze Familie und doch nicht lange genug! Denn wer fuhr denn jetzt, im Zeitalter von Westautos aller Fabrikate und Farben, noch „Trabi"?

Unmittelbar nach Öffnung der Grenzen im Herbst ′89 erlebte die alte Bundesrepublik einen Verkaufsboom ungeahnten Ausmaßes. Jedes noch so alte Auto fand einen Käufer – seinen Käufer, einen DDR-Bürger, der sich möglichst schnell den Traum vom „Westauto" erfüllen wollte. So kam fast jede Rostlaube wieder zu Glanz, die Ära von Trabi und Co. war endgültig vorbei. Oder reichte es vielleicht später irgendwann mal noch zum nostalgischen Kultobjekt? Das musste man abwarten, aber wer hatte dazu schon Geduld in diesen schnelllebigen Zeiten.

Abwarten und Teetrinken, am besten „Golden Yunnan", der sich mittlerweile zum Lieblingstee von Anna und Georg entwickelt hatte. Den zu DDR–Zeiten getrunkenen schwarzen Tee aus dem Teehaus Radebeul, erhältlich nur im „Delikat“, oder salopp formuliert im „Fressex“, gab es längst nicht mehr.

13

Abzuwarten galt es auch das Ergebnis der sogenannten „Lehrerüberprüfung". Nach dem alle Fragebögen, Zeugnisse, Lebenslauf und dergleichen beim Schulamt abgegeben worden waren, blieb nun nichts weiter übrig, als den Dingen ihren Lauf zu lassen, während natürlich die Gerüchteküche weiter brodelte. In erster Linie betraf das die Kommission, die das entscheidende Wort „Bedenklich" oder „Unbedenklich" zu sprechen hatte und die damit über die Weiterbeschäftigung des jeweiligen Lehrers entschied.

Wer oder was war überhaupt diese ominöse Kommission, die über „Sein oder Nichtsein" des Lehrers zu befinden hatte?

Und wie immer funktionierte auch hier der sogenannte „Buschfunk" und man erfuhr, diese Kommission bestand aus dem Schulrat, nun Schulamtsleiter genannt, einem Vertreter des Personalrats, dem „Vertrauenslehrer" der jeweiligen Schule, an der der Lehrer tätig war, einem Elternvertreter auch aus dieser Schule sowie einem Vertreter der örtlichen Volksvertretung, wer und was das auch immer war.

Schnell hatte der Lehrervolksmund das Wort von der „Fünferbande" geprägt, in Anlehnung an die irgendwann mal in China tätige „Viererbande", wer und was das auch immer war.

Die Prozedere der Abstimmung waren völlig unklar, so dass auch hier die Vermutungen ins Kraut schossen. So wussten einige Zeitgenossen ganz genau, dass mit Hilfe von Knobelhölzchen, kurz oder lang, abgestimmt wurde.

Offiziell erfuhr man überhaupt nichts, die ganze Sache fand auf jeden Fall ohne die Betroffenen statt.

Brisanz kam in die Angelegenheit, als Anna und zwei weitere Kolleginnen aus ihrer Schule ins Schulamt bestellt wurden. Und wieder wurde spekuliert: Erhielten diese Kolleginnen etwa ihre Kündigung? Aber warum gerade diese drei? Was hatten sie gemeinsam? Nach welchen Kriterien verfuhr man? Anna konnte sich keinen Reim darauf machen und schlief schlecht. Georg versuchte sie zu beruhigen: „Wart' doch erst mal ab, mach dich nicht schon vorher verrückt."

Letztlich erwies sich die ganze Sache jedoch als harmlos: Die drei „Einbestellten" hatten in ihrem Fragebogen „Leerstellen" gelassen, die aber unbedingt ausgefüllt werden mussten, um jegliche Unklarheiten zu vermeiden. Der Anna das mitteilte, war ihr ehemaliger Lehrer Johannes Wernicke, der einst ihr Abschlusszeugnis unterschrieben hatte und unmittelbar nach der Wende zum Schulamtsleiter berufen worden war. Die ganze Angelegenheit war also nur Sturm im Wasserglas, aber Annas Körper reagierte wieder mal mit Sturm im Kopf, eine heftige Migräneattacke war das Ergebnis all dieser Aufregung.

14

Für Anna stand in diesen Tagen noch ein besonderes Ereignis an: Klassentreffen. Eingeladen hatten sie ehemalige Mitschüler aus ihrer Klasse, in der sie vom ersten Tag der ersten Klasse bis zum letzten Tag der zehnten Klasse gemeinsam gelernt hatte. Mittlerweile waren das alles gestandene Leute um die vierzig und dass dieses Treffen im Jahre eins der deutschen Einheit stattfand, hatte noch seinen besonderen Reiz.

Dass Anna bei dieser Veranstaltung wieder auf ihren ehemaligen Klassenlehrer und jetzigen Schulamtsleiter Wernicke treffen würde, stand für sie außer Frage, denn ganz selbstverständlich war er bei jedem bisherigen Klassenreffen dabei gewesen. Aber gespannt war sie doch, denn diese Konstellation fand Anna nahezu drehbuchreif, nur dass nicht irgendein Autor dieses Drehbuch schrieb, sondern das Leben selbst. Hier der Bestimmer über ihr weiteres Schicksal, dort Anna als diejenige, die es zu bestimmen galt. Bedenklich oder unbedenklich? Hier eine alte Zeugnisbeurteilung, die die Unterschrift des einstigen Lehrers trug, dort ein formloses Blatt mit eben dieser Unterschrift, des sich jetzt in Amt und Würde befindlichen Schulamtsleiters. Was würde auf diesem Blatt stehen? Quälende Ungewissheit war das für Anna alles bestimmende Lebensgefühl in diesen Wochen und Monaten.

Beim Klassentreffen fand man sich in alter vertrauter Runde zusammen und hatte sich viel zu erzählen. Anna nutzte die Gelegenheit natürlich auch zu einem Gespräch mit ihrem jetzigen „obersten Dienstherrn.“ Der erzählte ihr freimütig, dass bereits über 900 Lehrer im Kreis überprüft worden waren. Wie überprüft??? Wie ging das vor sich? Wer sprach das entscheidende Wort? Was gab den Ausschlag, ob jemand im neuen Deutschland weiter Lehrer sein durfte oder nicht? Fragen über Fragen! Aber genau darüber schwieg sich der nunmehrige Schulamtsleiter Wernicke aus.

Daher war für Anna dieses Gespräch wenig aufschlussreich, nur eins wurde ihr klar: Diese Art von „Arbeit", dieses „Überprüfen" von Menschen war für ihren ehemaligen, ach so verehrten Lehrer, eine wahre Last, die zu tragen ihm sichtlich schwerfiel.

Deshalb hatte Anna auch wieder ein gutes Gefühl: Wer sich diese „Arbeit" so schwer machte, weil er sich ein Gewissen machte, der würde doch so handeln, dass er sich anschließend noch im Spiegel anschauen konnte. Auf jeden Fall war hier ein Mensch am Werk, der keine vorgefertigte Meinung im Kopf hatte.

Bedrückend war für Anna allerdings, als die Eltern ihrer Schüler sie auf der letzten Elternversammlung im Schuljahr fragten, wie es denn im neuen Schuljahr weiterginge und sie daraufhin nur die Schultern zucken konnte. Wer, wo ihre Kinder demnächst unterrichten würde, sie wusste es nicht zu sagen.

Ob Anna ihre 1. Klasse als 2. Klasse weiterführen konnte, ob sie überhaupt noch Lehrerin sein würde, das entschieden andere. Als die Mutter einer Schülerin daraufhin sagte, dass bei ihren drei schulpflichtigen Kindern überall die gleiche Ungewissheit vorherrsche, was das neue Schuljahr betraf, konnte das Anna nur wenig trösten.

15

Es war schon eine sehr beklemmende Situation, die man eigentlich auch mit niemandem besprechen konnte. Jeder hatte mit sich zu tun, jeder kämpfte darum, im neuen System auf die Füße zu kommen, seinen Platz oder überhaupt irgendeinen Platz zu finden.

Die einen, indem sie so schnell wie möglich auf neue Pferde setzten, die anderen, indem sie am Alten festhielten und versuchten, das drohende Aus ihrer Betriebe zu verhindern. Und wie das Ganze ausging, war oft genug Glückssache.

Auch Anna quälten Zweifel, tiefe Zweifel. Sie hatte sich engagiert, sich in ihre Arbeit reingekniet, war immer mit Leib und Seele Lehrer gewesen. Würde sie einen Platz, ihren Platz im neuen Deutschland finden?

Wie die Sache bei der Lehrerüberprüfung ausging, dass hing an einem „dicken" oder an einem „dünnen" Brief. Ein dicker Brief bedeutete „bedenklich", die weitere Vorgehensweise wurde dem Betroffenen mit Hilfe des dicken Briefes mehr oder weniger erläutert. Ein dünner Brief bedeutete „unbedenklich", es wurde nichts weiter erklärt, die Sache erklärte sich von selbst.

Für Anna stand von vornherein fest, dass sie „ihren Brief" auf gar keinen Fall in der Schule öffnen würde. Diese Sache würde sie mit sich allein ausmachen.

Und so geschah es dann auch.

Sinnigerweise fand am Tag X gerade das alljährliche Schulsportfest statt, so dass die Kollegen sowieso zu unterschiedlichen Zeiten in der Schule waren, da nach Altersklassen gestaffelt Sport getrieben wurde.

Als Anna das Sekretariat der Schule betrat, klopfte ihr Herz bis zum Hals. Sie ging auch gleich weiter ins angrenzende Direktorenzimmer, wo ihr der Chef mit eisiger Miene und ohne ein Wort zu sagen ihren Brief gab. Sie quittierte den Erhalt (Ordnung muss schließlich sein!) und verließ etwas zögerlich das Zimmer. Was war passiert?

Die Sekretärin meinte auf ihren fragenden Blick hin, dass jetzt jeder in erster Linie an sich denken müsse und sie solle sich weiter keine Gedanken machen.

Also Tschüss!

Der kurze Weg nach Hause schien länger als sonst zu sein, niemand begegnete ihr und in der Wohnung war auch niemand, da Georg wieder mal zu einem Vorstellungsgespräch unterwegs war.

Dicker Brief – dünner Brief? Anna kannte zu diesem Zeitpunkt den Unterschied noch nicht, erst im Nachhinein sollte sie davon erfahren.

Also den Brieföffner her, ein kurzer Ratsch, ein schneller Blick... „ist Ihre weitere Beschäftigung im öffentlichen Dienst u n b e d e n k l i c h." Dann die ach so bekannte Unterschrift „Wernicke" - Schulamtsleiter.

Freude? Erleichterung? Eher ein Gefühl der Leere beschlich Anna. Was würde die Zukunft bringen? Noch war nichts endgültig klar, aber eine erste Hürde genommen, denn ein „bedenklich" hätte auf jeden Fall die Anhörung vor einem Gremium des Kultusministeriums bedeutet, eventuell auch die Entlassung.

In der Schule unter den Kollegen war die Stimmung gedämpft. Keiner posaunte laut seine Freude über ein „U n b e d e n k l i c h" heraus. Es herrschte eher Betroffenheit: Warum war dieser Kollege „b e d e n k l i c h", warum jener nicht? Es war viel Raum für Spekulationen jeglicher Art.

Misstrauen machte sich breit, Zukunftsangst ging um. War das die richtige Atmosphäre für den Aufbruch ins neue Schulsystem? Denn das stand auf jeden Fall felsenfest: Ab dem neuen Schuljahr würde das dreigliedrige Schulsystem der alten Bundesrepublik auch in Thüringen übernommen. Das Kollegium von Annas Schule würde sich in alle Winde zerstreuen und sich in Grundschulen, Regelschulen und Gymnasien eventuell wiederfinden.

Anna hatte drei Schulen im Stadtgebiet als möglichen „Weiterarbeitsort“ angegeben, hoffte aber inständig, dass sie zusammen mit ihrer Klasse an die Nachbarschule wechseln durfte, um die begonnene Arbeit gemeinsam fortzusetzen. Man pflegte zu dieser Schule ein durchaus gutes nachbarschaftliches Verhältnis und Anna kannte daher einen großen Teil der dort tätigen Kollegen.

Als endlich kurz vor den Ferien der nächste amtliche Brief ins Haus kam, stand fest: Ab dem neuen Schuljahr war Anna Mitglied des Kollegiums der Schule „Am Lindenberg“. Dass sie dort auch ihre Klasse weiterführen konnte, das stand für Anna außer Frage. Wenn 7- bis 8-jährige Schüler schon die Schule wechseln mussten, so sollten sie doch wenigstens ihre vertraute Lehrerin behalten, mit der man dann gemeinsam ins neue Grundschulzeitalter starten konnte. Und diesmal sollte sich Anna tatsächlich nicht irren, sie blieb Klassenleiterin ihrer angestammten Klasse, die nur durch ein paar neue Schüler vergrößert wurde.

16

„Mensch, du hast ein Glück, du kannst weiter in deinem studierten Beruf arbeiten", das hörte Anna fast neidvoll in vielen Gesprächen mit Freunden. Die hatten nach der Phase „Null-Kurzarbeit" auch fast alle wieder Arbeit gefunden, aber niemand arbeitete mehr in seinem erlernten Beruf.

Dafür hatten die unzähligen Krankenkassen des Landes neue Mitarbeiter bekommen, Einkaufsmärkte neue Marktleiter oder diverse Unternehmen eben die berühmt berüchtigten „Außendienstler". Natürlich absolvierten die alle mehr oder weniger interessante „Einarbeitungsseminare" im Westen des Landes, die sie mit den Abläufen der Marktwirtschaft, Verkaufsstrategien und Management zumindest in ersten Ansätzen vertraut machen sollte. Sehr schnell aber entwickelte sich auch im Osten des Landes ein florierender Zweig von Umschulungsunternehmen, deren Geschäft mit der Aus- und Weiterbildung der „Neubundesbürger" nur so boomte. Und zu lernen hatte man als solcher eine ganze Menge, um sich im Dschungel des bundesdeutschen Behörden -Alltags und überhaupt zurechtzufinden.

Außerdem wollten schließlich alle Westunternehmen nur das Beste für den „gemeinen Ossi": Ob Versicherungen oder Autohäuser, ob Möbel- oder Versandhaus, Baumarkt oder Gartencenter, Bücher- oder Erotikshop – sie alle buhlten förmlich um die Gunst der neu zu erwartenden Kunden.

So scheute auch das allseits bekannte Erotikunternehmen aus Flensburg weder Kosten noch Mühe, um den doch auf diesem Gebiet so arg vernachlässigten ehemaligen DDR-Bürger endlich auf Westniveau oder besser noch auf Weltniveau zu bringen. Und so kam es, dass mitten in der Fußgängerzone der kleinen Kreisstadt direkt vom LKW herunter die Kataloge des Unternehmens, das mal den sinnigen Beinamen „Institut für Ehehygiene" geführt hatte, kostenlos verteilt wurden und den Mitarbeitern die Broschüren förmlich aus der Hand gerissen wurden. Der erste Erotikshop ließ natürlich auch nicht lange auf sich warten und wurde recht zügig in einer etwas abgelegenen Straße außerhalb des Zentrums eröffnet. Dass auch die Landbevölkerung reges Interesse am Sex-Geschäft hatte, wurde in einem kursierenden Witz deutlich: „Wo ist denn hier der Laden mit den nackten „Menschern (Mädchen)?", fragte angeblich der Bauer aus einem der umliegenden Dörfer einen Stadtbewohner.

Aber auch die „Kultur" kam nicht zu kurz: Ebenfalls in der Fußgängerzone gastierte die „Kelly-Family", zu diesem Zeitpunkt noch nicht ganz so berühmt. Ihre großen Zeiten sollten erst noch kommen. Noch hielt sich der Applaus für die „wandelnde Altkleidersammlung", wie böse Spötter sie mal bezeichnet hatten, in Grenzen.

Sehr schnell Kultstatus erhielten auch die Puppen aus der beliebten Fernsehsendung „Hurra Deutschland": Ob Kanzler Kohl oder Vize Genscher, ob Boris Becker oder Thomas Gottschalk – sie alle bekamen ihr Fett weg. Ganz besonders viel davon war für Lothar de Maiziére bestimmt. Der war nach den ersten freien Wahlen in der DDR, die der „Allianz für Deutschland" inklusive der CDU einen grandiosen Wahlsieg bescherten, zum Ministerpräsidenten der „Noch-DDR“ gewählt worden. Die Wahlprognosen in der Familie Wander hatten ganz anders ausgesehen. Kaum jemand aus der Verwandtschaft und dem Freundeskreis hatte mit so einem deutlichen Sieg dieser Allianz gerechnet. Selbst Annas Mutter, die wieder in ihrem Zuhause auf dem Dorf lebte, hatte mit ihrer Voraussage falsch gelegen.

„Freiheit statt Sozialismus“ war eben eine durchaus eingängige Parole, obwohl Herr de Maizière eher die leiseren Töne bevorzugte und plakative Schlagworte lieber anderen überließ. In besagter Fernsehsendung „Hurra Deutschland“ gab er jedenfalls eine ziemlich unglückliche Figur ab, die er ja auch im realen Leben spielte, denn sehr bald würde er seine Rolle als letzter Ministerpräsident der DDR im wiedervereinten Deutschland sowieso verlieren.

Als oberster „Wiedervereiner“ profilierte sich ein ganz anderer: Günter Krause. Ein Name ist eben doch nicht Schall und Rauch, denn nicht Krupp oder die von Bohlen und Halbach verhandelten die Wiedervereinigung, sondern der Herr Krause oder war es vielleicht doch eher umgekehrt? Der überaus wendige Politiker (im wahrsten Sinn des Wortes!) stieg wie Phönix aus der Asche der DDR und wurde zum wichtigsten Mann im Staat. Anna hatte ihm, respektlos wie immer, den Namen „Ananas-Krause“ verpasst, nachdem er bei einem Fernsehauftritt über die Essgewohnheiten der Ostdeutschen schwadroniert hatte und zu dem Schluss kam, dass genau diese Essgewohnheiten sich entscheidend verändern würden. Dahingehend verändern, dass statt Brot, Wurst und Käse vielmehr Ananas gegessen würde, den aus Büchsen natürlich. Nichtsdestotrotz ging Günter Krause in die Geschichte ein als einer der Unterhändler und Unterzeichner des Einigungsvertrages. Später sorgte er auch noch auf andere Art und Weise für Schlagzeilen.

17

So änderten sich in der ehemaligen DDR nicht nur die Essgewohnheiten, es änderte sich einfach alles: Lebensgewohnheiten mussten sich einfach ändern, da es kein gewohntes Leben mehr gab.

Sahen das eigentlich die Menschen in den „alten Bundesländern" auch so? Veränderte die „Einheit" auch ihr Leben entscheidend oder wenigstens ein kleines bisschen?

Nach der anfänglichen Euphorie hatte auch den Westen der ganz normale Alltag wieder eingeholt. Bis auf den sogenannten „Solidaritätszuschlag", der sollte die Leute in Ost und West als zusätzliche Steuer noch eine ganze lange Weile begleiten. Hartnäckig hielt sich dabei die Behauptung, zumindest bei den Menschen im Westen, dass diese Abgabe nur von den Altbundesbürgern zu leisten sei, die „Ossis" dagegen davon verschont würden. Was Anna an dieser absoluten „Fehldiagnose" vor allem verblüffte, war die Tatsache, dass auch durchaus gebildete Bundesbürger dieser Meinung waren und somit Vorurteilen Tür und Tor geöffnet wurden. „Soli-Zuschlag? Den zahlt der Wessi für den Ossi" so das verkürzte und gängige Vorurteil.

Und an diversen Vorurteilen mangelte es natürlich nicht. Zu den bekanntesten zählte die Mär vom „Jammerossi" und „Besserwessi". Zum Glück hatte Anna über kurz oder lang Gelegenheit, diese Art von Spezis bei einem Kuraufenthalt im Erzgebirge live und in Farbe zu erleben. Die Kur hatte sie von ihrer Hausärztin verordnet bekommen, um Rückenschmerzen und regelmäßig wiederkehrende Migräne mit den verschiedensten Therapien wenigstens zu mildern. So trafen Ossis und Wessis dort in der Kurklinik in geballter Form zusammen. Ob bei der gemeinsamen Gymnastik, beim Wassertreten oder der allseits beliebten (und belächelten) „Progressiven Muskelentspannung nach Jacobsen“, kamen sich Kurpatienten aus Ost und West zwangsläufig näher. Noch dazu nahm man ja auch die Mahlzeiten gemeinsam ein – ob im so genannten „Hungerturm“ die zur Diät verdammten Zeitgenossen – oder die „Normalköstler“ im Speisesaal.

Und schnell, sehr schnell wurde Anna – und wahrscheinlich nicht nur ihr – klar: Überall gab es solche und solche. Solche die „zwar“ aus Bamberg oder Einbeck kamen und überhaupt keine Besserwessis waren oder solche aus Dresden oder Brandenburg, die keinesfalls ständig jammerten und ihr Schicksal als „Ossis“ beklagten. Anna fühlte sich wohl in dieser buntgemischten Truppe. Sie verbrachten viel Zeit miteinander, diskutierten über Gott und die Welt, wie man so gern sagt, und waren mal einer Meinung oder auch nicht. Auf jeden Fall wurden die ach so geliebten Vorurteile etwas weniger und das war ja immerhin schon mal ein Anfang.

18

Anfangen, neu anfangen, das war in diesen Zeiten für viele Menschen im Osten der Republik einfach unerlässlich. Einen Neuanfang wagten daher auch Freunde und Bekannte aus Annas und Georgs Umkreis. Der eine übernahm zusammen mit einem Kollegen seinen ehemaligen Betrieb und entwickelte daraus ein florierendes „mittelständiges Unternehmen", wie es nun im amtlichen Jargon hieß. Dass ihm die Unabwägbarkeiten der Marktwirtschaft dabei oft schlaflose Nächte bescherten, erzählte er hin wieder ohne dabei zu lamentieren. Ein ehemaliger Kollege von Georg packte die Gelegenheit beim Schopf und stieg bei einer Düsseldorfer Firma als Softwareentwickler ein und arbeitete dort sehr erfolgreich.

Dass er bis zum Ende seines Berufslebens bei Firmen im Westen zubringen würde, konnte er da noch nicht ahnen. Auf jeden Fall bedeutete es, über 25 Jahre eine Wochenendehe zu führen mit all ihren Beschwernissen.

In Georgs Heimatstadt schloss ein Textilbetrieb nach dem anderen seine Pforten und besonders viele Frauen wurden mit einem Schlag arbeitslos und suchten nun verzweifelt eine neue Arbeit. Oft hieß es dann auch: Nutzt die Chance, macht euch selbstständig, werdet euer eigener Herr oder in diesem Fall vielleicht besser die eigene Frau?

So ließ sich eine gute Freundin von Anna und Georg vom Selbstständigkeitsboom anstecken und eröffnete eine Modeboutique. Als studierte Textilingenieurin und vor allem mit soliden handwerklichen Fertigkeiten ausgestattet, hatte sie eigentlich die besten Voraussetzungen für einen solchen Job. „Mensch Helga, wer, wenn nicht du, kann so einen Laden führen“, machten ihr viele Freunde und Bekannte Mut. Andere wiederum standen dem Projekt skeptisch gegenüber, das tatsächlich nach nicht allzu langer Zeit scheiterte. Die Hürden der Marktwirtschaft erwiesen sich als zu hoch. Sehr schnell hatten sich sämtliche westdeutsche Modeketten im Osten etabliert und bestimmten nun den Markt, so dass es für kleine Geschäfte sehr schwer war zu überleben. So folgte nach den erfolgreichen Firmengründungen oft früher oder später die Pleitewelle.

Auch Georg knüpfte in seinem neuen Job als Außendienstmitarbeiter eines großen Heizung- und Sanitärhandels Westkontakte, denn er musste um erfolgreich zu verkaufen, sowohl mit der entsprechenden Technik als auch mit dem Geschäftsgebaren vertraut gemacht werden. So arbeitete er für ein paar Wochen in Kassel oder auch mal in Wiesbaden, entsprechende Weiterbildungen erfolgten auch in Regensburg. Dabei wurde auch Georg schnell klar: „Die da drüben im Westen kochen auch nur mit Wasser. Aber: Sie verkaufen sich und auch das Wasser einfach besser!“

19

Um Wasser ganz anderer Art ging es bei einem Besuch an der Nordsee, den die ganze Familie Wander im Sommer des Jahres 1991 unternahm. Als das ungehinderte Reisen möglich wurde, hatte jedes Familienmitglied einen Reisewunsch äußern dürfen, egal ob dieser über kurz oder lang zu realisieren wäre oder nicht. Georg brauchte nicht lange zu überlegen: „Ich möchte wenigstens einmal die Alpen sehen", erklärte er kurz und knapp. Michael, der ältere der beiden Söhne, hatte sein Wunschziel auch ganz genau vor Augen: „Ich will unbedingt mal nach Paris fahren", sagte er bestimmt, ohne weitere Erläuterungen dazu abzugeben. „Australien, ich will auf jeden Fall einmal nach Australien", rief sein jüngerer Bruder dazwischen, „das liegt am anderen Ende der Welt. Da gibt es Kängurus und da will ich hin!" Dagegen klang Annas Reisezielwunsch sehr bescheiden: „Also, ich muss unbedingt an die Nordsee, denn ich will endlich Ebbe und Flut mit eigenen Augen sehen." Anna hatte im Laufe ihres Lehrerdaseins mal als „Nichtfachlehrer" für ein Schuljahr Geografie unterrichtet und dabei ihren Schülern auch den Wechsel der Gezeiten erklärt, der ja an der Nordsee gut zu beobachten ist. Selbst erleben konnte sie dieses Naturschauspiel damals aber nicht.

Der Kurztrip nach Paris wurde ziemlich schnell Wirklichkeit. Bereits vor der Währungsunion, das hieß also ohne einen Pfennig Westgeld, ging es übers Wochenende in die französische Hauptstadt. Nur für ein paar Ostmark hatte die ganze Familie die Reise gebucht, nachdem Anna bei einer Werbeveranstaltung eines überaus geschäftstüchtigen Reiseunternehmens eine solche Reise gewonnen hatte. Da auch noch ein paar gute Freunde von Anna und Georg ebenfalls diese Reise buchten, denn ihr Sohn hatte tüchtig gequengelt: „Ich will auch nach Paris!" ging die Rechnung des Unternehmens auf jeden Fall auf. Noch dazu, wo es in Paris keinerlei Übernachtung gab, sondern von Freitagabend bis Sonntagmittag nur der Bus als Schlafstatt zur Verfügung stand. Aber, was soll's, Hauptsache einmal im Leben Paris mit dem Eifelturm sehen und Sekt irgendwo auf einer Parkbank vor der Kathedrale „Notredame" schlürfen, den man natürlich, wie sämtliche Verpflegung, in der Kühltasche mitgeschleppt hatte. Denn auch in Paris galt der Satz: Ohne Moos nichts los! Trotz aller Beschwernisse waren sich alle einig: Paris ist nicht nur *eine* Reise wert!

Nun also die Nordsee. Alte Freunde von Annas Vater hatten die Familie Wander für ein paar Tage in ihr Sommerdomizil auf einem Zeltplatz nahe der Nordsee eingeladen. Wie viele „Ruhrgebietler", verbrachten sie den Sommer an der Küste Ostfrieslands, eigentlich lebten sie in der Nähe von Dortmund. Als bei der Begrüßung der Satz fiel: „Jetzt kommt ja das Kommunionkind Anna", da wurde Anna schlagartig bewusst, welches Bild die alten Bekannten vor Augen hatten: Das Bild eines knapp zehn Jahre alten schmächtigen Mädchens im weißen Kommunionkleid von vor über 30 Jahren! Hatte sie sich so wenig verändert? Der braune Pferdeschwanz war längst einer Kurzhaarfrisur gewichen und schmächtig war Anna auch eher nicht mehr. Vielleicht war nur die Farbe ihrer blauen Augen unverändert und erinnerte an das Mädchen von früher? Aber ihre Gastgeber ließen keine nostalgische

Stimmung aufkommen, sondern gingen gleich zum hier und heute über: „Also, das ist der aktuelle Tidenkalender, ihr wollt doch bestimmt eine Wattwanderung machen, „Ostfriesennerze“ haben wir natürlich auch für euch, damit ihr entsprechend ausgerüstet seid.“ Tidenkalender? Ostfriesennerze? Georg und Anna schauten etwas verwirrt, auch die Jungs wussten nicht, wovon die Rede war. Aber es dauerte nicht lange und sie konnten mitreden über Wattwürmer, Boßeln und sonstige ostfriesische Eigenarten und auch das „Moin, Moin“ als ständiger Gruß ging ihnen locker über die Lippen. Als dann auch noch die allseits bekannte und beliebte Butterfahrt rund um die Insel Borkum absolviert wurde, um nicht etwa wie zu vermuten wäre Butter einzukaufen, sondern um vor allem zollfreie Zigaretten und diverse Alkoholika zu erwerben, war es fast zu viel der ostfriesischen Lebensart.

Aber aus dem Staunen heraus kamen auch viele andere Leute nicht, nämlich die, die zum ersten Mal in ihrem Leben einen „Trabi“ sahen. Auf dem Parkplatz zu einem kostenpflichtigen Strand, was für die vier Wanders eh gewöhnungsbedürftig war, denn so etwas gab es an der DDR-Ostsee nicht, bildete sich schnell eine Menschentraube um das Fahrzeug der Familie. So viel Aufmerksamkeit war ihrer „Rennpappe“, wie der Trabi auch gern scherzhaft bezeichnet wurde, noch nie entgegengebracht worden. Vergleichbar nur mit dem Gewese, das sämtlichen Westwagen vor dem Herbst 1989 in der DDR zu Teil wurde.

Auf genau diesem Parkplatz passierte dann auch noch ein kleiner Unfall. Ein anderer Autofahrer übersah beim Ausparken den Trabi der Wanders und es kam zum

Crash. Zum Glück gab es keinerlei Personenschaden, aber Scheinwerfer und Blinker waren beschädigt. Georg sah das Ganze nicht so dramatisch an, denn das Auto war ja fahrtüchtig. Ihm war außerdem schnell klar geworden, dass er den Schaden mit den entsprechenden Ersatzteilen zu Hause selbst würde reparieren können. Daher tauschte man die Adressen, der Unfallverursacher machte schon mal eine kleine Anzahlung und beglich später auch den Restbetrag für die Ersatzteile per Postanweisung. Nach einigen Wochen, das Auto war längst wieder in tadellosem Zustand, flatterte eine Postkarte ins Haus, auf der stand: „Ich bedanke mich für Ihr humanes Verhalten." Erst viel später wurde Georg klar, was er diesem Mann erspart hatte: Höhere Kosten bei einer Reparatur in der Werkstatt, Höherstufung in der Versicherung, einen langwierigen Prozess bei Abwicklung des Schadensfalls über einen Rechtsanwalt und so weiter und sofort. Dank für humanes Verhalten, ein Verhalten, das doch eigentlich selbstverständlich war, für Anna und Georg jedenfalls. Anna meinte nur verblüfft: „Ist schon erstaunlich, was die Wessis für ein Aufsehen wegen so einer Bagatelle machen!"

20

Georgs Arbeitswelt dagegen wurde nur noch von einem Wort geprägt: Umsatz, Umsatz, Umsatz. Die Geschäfte liefen anfangs sehr gut, bestand doch bei den Leuten im Osten ein unheimlicher Nachholbedarf an neuen modernen Heizungen und natürlich auch an schicken funktionellen Bädern. Jeder, der es sich leisten konnte, richtete sich neu ein und dabei stand ein neues Bad mit glitzernden Armaturen, schönen Fliesen und zweckmäßigen Badmöbeln ganz weit oben auf der Wunschliste. Auch Anna und Georg hatten ihr winziges Bad im Plattenbau neu eingerichtet. Daher hatten nicht nur die Verkäufer dieser Waren ihr gutes Auskommen, auch die Handwerker, die das dann alles installierten, konnten sich vor Aufträgen nicht retten. Die Geschäfte dieser Firmen liefen wie geschmiert, oft wurden neue Leute eingestellt, um die Arbeit zu schaffen. Georg war oft bis abends spät unterwegs, immer mehr Firmen hatte er zu besuchen, um diverse Sanitärtechnik zu verkaufen.

Aber irgendwann, ganz unmerklich und schleichend, pendelte sich alles auf ein normales Niveau ein, eine gewisse Sättigung des Marktes trat ein. Wer sich eine neue Heizung hatte einbauen lassen, brauchte so schnell keine weitere und die Arbeit des Handwerkers beschränkte sich auf die Wartung derselben. Auch ein neues Bad richtet man sich nicht andauernd ein. Aber die tagtägliche Frage nach dem erwirtschafteten Umsatz die blieb. Der Einsatz von Computer und später auch des Laptops vereinfachten die Arbeit zwar in mancherlei Hinsicht, machten aber auch die unmittelbare Kontrolle über das Verkaufsgeschäft möglich und jeden Mitarbeiter, so auch Georg, „gläsern“. Also wuchs der Druck auf die Außendienstler. Georg, dem das Verkaufen ja nicht an der Wiege gesungen worden war, litt unter diesem ständigen Druck. Er klagte zwar nicht laut darüber, aber Anna spürte ganz genau, dass diese Art von Arbeit nicht sein Ding war. Aber gab es Alternativen?

21

Auch bei Anna in der Schule war nach der anfänglichen Euphorie um die Möglichkeiten des neuen Schulsystems wieder der schlichte Alltag eingezogen, mit all seinen Problemen und Problemchen, mit all seinen Herausforderungen. Die größte Herausforderung sollte der demographische Wandel werden, der unaufhaltsam nach der Wende immer weniger Schüler hervorbrachte und daher volkstümlich auch als „Wendeknick" bezeichnet wurde.

So gab es plötzlich einen gewissen Lehrerüberhang, der auch auf Grund der neugeschaffenen Gliederung in Grundschule, Regelschule und Gymnasium nicht so einfach ausgeglichen werden konnte. War es einstmals in der Polytechnischen Oberschule durchaus üblich, dass Lehrer der unteren Klassen auch in der Mittelstufe unterrichteten (Anna hatte das oft genug selbst getan), oder auch mal ein Oberstufenlehrer in Klasse vier eingesetzt wurde, war das nun nicht mehr möglich, da ja unterschiedliche Schulen gegründet worden waren, die selbstständig agierten. Um trotzdem Herr der Sache zu werden und so Lehrermangel und Lehrerüberhang auszugleichen, wurde die sogenannte „Abordnung" erfunden. An Annas Schule wurde es also Usus, jedes Jahr aufs Neue einen Kollegen an eine andere Schule der Stadt oder auch irgendwo auf dem Land abzuordnen. Dort arbeitete derjenige oder besser gesagt diejenige, da es sich bei Grundschullehrern meistens um Frauen handelt, dann für ein oder auch für zwei Jahre. Manchmal erfolgte diese Abordnung auch nur für ein paar Stunden, so dass man zwischen zwei Schulen hin- und herpendelte. Für Anna stand fest, dass auch sie über kurz oder lang diesen Weg gehen würde und sie war heilfroh, dass sie das zumindest mit dem Auto tun konnte.

Zum Glück hatte Anna nach der Wende schnell begriffen, dass der Führerschein ein unerlässlicher Bestandteil der immer wichtiger werdenden Mobilität war. Sicher, wenn es nach Georg gegangen wäre, hätte sie dieses Zeugnis wohl nie erworben. „Du willst Auto fahren? Und das bei deinem technischen Verständnis? Du weißt ja nicht mal beim Heizungsventil, was rechts- oder linksrum ist“, so spottete er gnadenlos. Aber Annas Kolleginnen bestärkten sie in ihrem Vorhaben: „Klar machst du deinen Führerschein, das schaffst du, das haben schon ganz andere geschafft. Du wirst sehen, du bist dann doch viel, viel unabhängiger!“ Um diese Unabhängigkeit ging es Anna tatsächlich, denn in erster Linie wollte sie die Möglichkeit haben, ihre Mutter in ihrem Heimatdorf per Auto, wann immer sie wollte, zu besuchen. Die lebte zwar trotz ihres Alters und nach überstandener Krankheit immer noch oder besser gesagt wieder relativ selbstständig in ihrer Genossenschafts-Wohnung, brauchte aber doch regelmäßig Unterstützung bei der Bewältigung der Arbeit in Haus und Garten. Das war für Anna die stärkste Motivation, die Führerscheinprüfung unbedingt zu schaffen. Und dass auch noch einige von Annas ehemaligen Schülern mit in der Fahrschule saßen, und Anna sich keinesfalls vor ihnen blamieren wollte, machte die Situation nicht gerade leichter, motivierte aber zusätzlich. So schaffte sie die theoretische Prüfung auch tatsächlich im ersten

Anlauf, brauchte aber dafür umso länger für den praktischen Teil. Sollte ihr Mann wirklich recht behalten, der doch von Anfang an ihre Fahrversuche äußerst skeptisch betrachtet hatte?

Aber irgendwann, nach einer wegen eines defekten Teils am Fahrschulauto abgesagten Prüfung und etlichen zusätzlichen Fahrstunden klappte es und Anna kam nach bestandener Prüfungsfahrt voller Stolz mit ihrem Führerschein nach Hause. Dass es noch einige Zeit brauchen würde, ehe sie die nötige Routine beim Autofahren erworben hätte, das war Anna durchaus bewusst.

Doch diese notwendige Fahrpraxis verschaffte ihr dann die Abordnung an eine kleine Grundschule auf dem Dorf. So war Anna gezwungen, tagtäglich mit dem Auto zu fahren, das zu diesem Zweck extra angeschafft wurde, ein gebrauchtes natürlich. Anna hätte auch den öffentlichen Bus benutzen können, aber der Zeitaufwand wäre erheblich größer gewesen.

Außerdem verschlechterte sich zu diesem Zeitpunkt der Gesundheitszustand von Annas Mutter erheblich, so dass Annas Einsatz auch hier gefragt war. Alle Anforderungen unter einen Hut zu bekommen, das war sowieso schwierig genug: Hier die Arbeit mit ihrer ersten Klasse, noch dazu in einem neuen Schulumfeld, da die Familie mit ihren beiden halbwüchsigen Söhnen und dazu die nun pflegebedürftig gewordene Mutter, die wieder mit im Haushalt lebte. Manchmal wusste Anna nicht, wo ihr der Kopf stand. Doch auf Georg und die Jungs war Verlass. Das hatte Anna schon immer gespürt. Wenn es darauf ankam, hielt die Familie zusammen und kleinliche Streitereien blieben die absolute Ausnahme. Die wirklich wesentlichen Dinge standen im Mittelpunkt und jedes Familienmitglied erfüllte seinen Teil der anstehenden Aufgaben.

22

Michael, der im Sommer Abitur gemacht hatte und nun Zivildienst leistete, unterstützte Anna, wo er nur konnte. Ob beim Autofahren – Michael hatte kurz nach seiner Mutter ebenfalls den Führerschein gemacht und kannte daher die Schwierigkeiten eines Fahranfängers aus eigener Erfahrung – oder aber bei der Versorgung und Pflege der kranken Oma. Manchmal beschlich Anna das Gefühl, ob sie ihren Großen nicht doch überforderte, wenn er vor seiner Arbeit in einer Behinderteneinrichtung erst seine Oma versorgte, ihr Frühstück machte, Medikamente verabreichte, sie aber auch zur Toilette begleiten musste. Ganz schön viel für einen gerade mal 18 gewordenen Jungen! Aber was sollte Anna tun? Ihren Beruf aufgeben? Die Mutter in ein Heim geben? Mit Georg war sie sich einig: „Lass es uns wenigstens versuchen, Mama hier bei uns zu Hause zu betreuen. Ob es tatsächlich funktioniert, wird sich zeigen.“ Dass Michael so stark eingebunden wurde, war eigentlich nicht vorgesehen, da auch ein Pflegedienst engagiert worden war. Aber das ambulante Pflegewesen steckte noch in den Kinderschuhen, von einer Pflegeversicherung ganz zu schweigen. So beschränkte sich die Arbeit auf die reine Körperpflege am Morgen, alles andere musste die Familie irgendwie leisten.

Daher war es ein wahrer Segen, dass Michael den Wehrdienst verweigerte und sich für den Zivildienst entschieden hatte. Und überhaupt, dass ihr Großer die Möglichkeit hatte, den Dienst an der Waffe zu verweigern, das war für Anna der größte Wendegewinn. Zu

DDR-Zeiten hätte Michael auf jeden Fall zur Armee gemusst, noch dazu wo er studieren wollte.

Die liebe Verwandtschaft, vor allem ihre männlichen Vertreter, war sich allerdings einig: „Also eins steht fest, ein richtiger Mann, der geht zum Bund, der macht doch keinen Zivildienst!“ „Nee, das ist doch was für Weicheier!“ „Bei der Armee zu dienen, das hat noch keinem geschadet.“ „Und mein Sohn, der geht auf jeden Fall zum Bund, da sorg ich schon dafür!“

Der weibliche Teil der Verwandten hielt sich mit Meinungsäußerungen eher zurück, auch Anna hielt ganz gegen ihre Gewohnheit den Mund, obwohl sie es doch besser wusste. Michael hatte, ohne sie auch nur einmal um Rat zu fragen, seinen Antrag auf Wehrersatzdienst beim Bundesamt in Köln gestellt, ihn überzeugend begründet und auch sofort genehmigt bekommen. Aber anders als beim regulären Wehrdienst, bei dem irgendwann der Einberufungsbefehl ins Haus flattert, indem einem mitgeteilt wird, wo und wann man sich einzufinden hat und die entsprechende Fahrkarte gleich beigefügt ist, musste er sich als sogenannter „Zivi“ selbst um eine Stelle kümmern. Das tat Michael dann auch und Georg unterstützte ihn dabei. Nach mehreren vergeblichen Anläufen klappte es endlich. In einem Behindertenwohnheim der Diakonie leistete er fortan für 15 Monate seinen Dienst, also noch drei Monate länger als der eigentliche Wehrdienst dauerte. Nichtsdestotrotz haderte er nicht mit dieser Ungerechtigkeit, sondern stürzte sich in die Arbeit und betreute fortan junge Leute, die tagsüber in einer geschützten Werkstatt arbeiteten, am späten Nachmittag und Abend und vor allem auch an den Wochenenden – also in ihrer Freizeit – Hilfe und Unterstützung bei der Bewältigung des Alltags brauchten. Deshalb war er an den Vormittagen meistens zu Hause und konnte sich daher um seine Oma kümmern, obwohl er sich sicher gern auch anderen Dingen gewidmet hätte.

Trotzdem war Anna klar, dass dies nur eine Übergangslösung sein konnte, denn spätestens zum Frühjahrssemester würde ihr Sohn mit dem Studium beginnen wollen. Das war zwar noch ein Weilchen hin, aber um sich Sorgen zu machen, wie es dann mit der Mutter weitergehen sollte, reichte es.

23

Dafür hatte sie ihr Ältester mit jeglichen Sorgen in puncto Abschlussprüfungen verschont und ohne größere Anstrengungen ein hervorragendes Abitur abgelegt. Dass der Wechsel ans Gymnasium für ihn aber durchaus aufregend gewesen war, hatte Anna erst durch einen Aufsatz erfahren, in dem er über den Neuanfang in seiner Schullaufbahn schrieb. Obwohl ein großer Teil seiner Mitschüler mit ihm in die neue Schule wechselte, vermisste er sein vertrautes Umfeld und die gewachsene Klassenstruktur. Vor allem als mit dem Eintritt in die 11. Klasse diese Struktur völlig aufgehoben wurde und durch ein sogenanntes Kurssystem ersetzt wurde. Die Gymnasiasten lernten jetzt in Grund- und Leistungskursen, konnten bestimmte Fächer „abwählen" und wurden nach einem Punktsystem bewertet. Anna musste des Öfteren nachfragen: „Sag mal, was bedeuten zum Beispiel 12 Punkte in einer Zensur ausgedrückt?" Aber irgendwann hatte auch sie das System begriffen und konnte die Punkte von 0 bis 15 in die entsprechende Note umrechnen. Wenn nur alles im neuen System so einfach zu bewerkstelligen wäre!

Warum man hingegen Fächer wie Physik oder Chemie so einfach abwählen konnte, das erschloss sich weder Anna noch Georg. „Hoffentlich bereust du diese Entscheidung später mal nicht," warnte Anna ihren Sohn. Georg stellte nur lakonisch die Frage: „Machst du vielleicht nur ein Hilfsabitur?"

Natürlich begleiteten sie als Eltern die Schulkariere ihres Großen aufmerksam und fehlten auch bei keiner Elternversammlung, aber als das Abiturzeugnis dann auf dem Tisch des Hauses lag, war vor allem Georg mehr als angenehm überrascht. Was Anna aber am meisten verblüffte, war die Tatsache, dass auf diesem Reifezeugnis keinerlei verbale Beurteilung stand, k e i n e i n z i g e s W o r t! Hier regierten nur die nackten Zahlen, in Form von Punkten und Durchschnitten.

Eigentlich kam es auch nur auf eine einzige Zahl an – 1,3 – der Abiturdurchschnitt, der hatte das Sagen und sonst nichts. Aber vielleicht war das gerade gut so?

Anna fiel wieder der erste Satz auf ihrem Abschlusszeugnis ein, zugegeben es war kein Abiturzeugnis, sondern nur das der Mittleren Reife: „Anna weiß, wofür sie lernt…“

Für den jüngeren Spross änderte sich beim Thema Schule erst einmal nicht allzu viel, denn er blieb an seiner alten Schule, die nun ebenfalls zum Gymnasium umgestaltet wurde. Er hatte also das Glück, oder war es eher langweilig, von der ersten bis zur zwölften Klasse dieselbe Schule zu besuchen, oder besser gesagt das gleiche Schulgebäude. Dass das Vorbild seines älteren Bruders immer ein bisschen über ihm schwebte, schien ihm nichts auszumachen, zumindest klagte er nicht darüber. Überhaupt, Marc, der jüngere der beiden Söhne, wirkte sowieso immer unbeschwert, er war von Anfang an der Sonnenschein in der Familie und sorgte in seiner unnachahmlichen Art stets für Unterhaltung.

24

Aber für Entertainment irgendwelcher Art war in diesem Sommer des Jahres 1995 keine Zeit und vor allem keine Stimmung. Nach dem sich der Gesundheitszustand von Annas Mutter weiter verschlechtert hatte, ereilte sie eines Vormittags der Anruf ihres Sohnes in der Schule. „Oma ging es so schlecht, dass ich nicht mehr weiterwusste. Also habe ich Frau Doktor Altmeyer angerufen, die kam zum Glück recht schnell. Sie hat Oma sofort ins Krankenhaus eingewiesen. Ich habe ein paar Sachen eingepackt und dann wurde Oma auch schon abgeholt. Die Sanitäter haben sie in einem Tuch über die vielen Treppen transportiert." Die Stimme ihres Sohnes klang aufgeregt, aber er hatte trotzdem alles richtig gemacht. Für Anna vergingen die zwei Unterrichtsstunden, die sie noch zu erteilen hatte, im Schneckentempo. Dann konnte sie sich endlich auf den Weg ins Krankenhaus machen, wo sie ihre Mutter in einem ziemlich verwirrten Zustand vorfand. Der diensthabende Arzt machte ihr schnell klar, dass die Einweisung in die Klinik genau die richtige Entscheidung war und dass sie sich jetzt erst einmal in Geduld werde üben müssen. Doch sehr schnell stellte sich heraus, dass die Mutter nach einer Entlassung aus dem Krankenhaus auf keinen Fall mehr allein und selbstständig in ihrer Wohnung würde leben können, sondern ständiger Betreuung bedurfte. Sollte Anna ihren Beruf aufgeben, um das leisten zu können? War das überhaupt eine Option? Anna war hin - und hergerissen. Was sollte sie tun?

Zum Glück brachte ein weiteres ausführliches Gespräch mit dem behandelnden Arzt mehr Klarheit: „Frau

Wander, diese ständige Betreuung können sie nicht absichern, ich empfehle ihnen, ihre Mutter in einem Pflegeheim unterzubringen." Pflegeheim? Natürlich war dieser Gedanke auch schon durch Annas Kopf gegangen, aber ihn klar und deutlich auszusprechen, das hatte sie sich nicht getraut. Außerdem, hatten dabei nicht auch ihre beiden Brüder ein Wörtchen mitzureden, wenn es um eine solch schwerwiegende Entscheidung ging? Doch es blieb nicht viel Zeit zum Grübeln, Entscheidungen standen an und Entscheidungen mussten getroffen werden. Also machten sich Anna und Georg auf den Weg, ein passendes Pflegeheim für die Mutter zu finden. Gar nicht so einfach, war doch nach der Wende eine Vielzahl neuer Heime entstanden. Während Kindergärten und Schulen auf Grund des rapiden Geburtenrückgangs geschlossen wurden, investierte man verstärkt in Alten- und Pflegeheime. So hatte man im Nachbardorf ein ehemaliges Wohnheim für sogenannte ausländische Vertragsarbeiter (sie kamen überwiegend aus Vietnam) zu einem Alten- und Pflegeheim umgebaut. Die Nähe zu Annas Heimatdorf gab dann letztendlich den Ausschlag, sich für dieses Heim zu entscheiden, da dieser Ort für die Mutter eine gewisse Vertrautheit bedeutete. Annas Brüder trugen diese Entscheidung ohne wenn und aber mit, so dass einem Umzug der Mutter nichts mehr im Wege stand. Für wenige Monate wurde dieses Heim das, wenn auch ungeliebte, Zuhause der Mutter. Ihr eigentliches vertrautes Zuhause, die einstmals unter großen Mühen gebaute AWG – Wohnung, musste aufgegeben und geräumt werden. Anfang der 60ziger hatte Annas Familie diese Genossenschaftswohnung durch

Anteilskauf, vor allem aber auch durch Eigenleistungen beim Bau erworben, was einer wahren Herkulesaufgabe gleichkam und auch nur mit der tatkräftigen Hilfe von Annas Brüdern geleistet werden konnte. Anna fiel es daher nicht leicht, auch ihr Zuhause endgültig aufzulösen und ihre Brüder konnten ihr dabei nur wenig helfen, da sie ja weit weg wohnten. Als der Tag kam, an dem auch die letzten Möbelstücke der Mutter aus der Wohnung geschafft werden sollten, bekam Anna Fieber. Georg machte sich allein auf den Weg ins Dorf, um die Wohnung besenrein zu übergeben. Hatte die Angst vor diesem letzten Schritt zu Annas Erkrankung geführt?

Wenn Anna ihre Mutter im Pflegeheim besuchte, verließ sie danach oft weinend das Haus, da ihr die Mutter ständig Vorwürfe machte und sich so gar nicht mit ihrer Situation anfreunden wollte. So bekam Anna immer und immer wieder zu hören: „Da hat man Kinder gehabt, trotzdem sitzt man nun im Heim!" Doch sehr viel Lebenszeit blieb der Mutter nicht mehr. Nach einem erneuten Sturz und daraus folgendem Armbruch, verschlechterte sich der Gesundheitszustand zusehends und die Mutter kam endgültig zum Liegen. Nach knapp sechs Monaten Heimaufenthalt verstarb sie an einem heißen Julitag, Anna und ihr jüngerer Bruder waren dabei. Vor den Fenstern standen die Geranien in vollster Blüte, die Sonne strahlte vom gnadenlos blauen Himmel und vor der benachbarten Eisdiele saßen die Kinder und ließen sich Eis in all seinen Farben und Geschmacksrichtungen schmecken. War das ein Tag, um zu sterben? Sollte nicht ringsum alles in Grau gehüllt sein? Sollte es nicht wenigstens trüb sein und regnen?

Aber wie alles im Leben hatte auch der Todeszeitpunkt etwas durchaus Positives: Da noch immer Sommerferien waren, hatte Anna die nötige Zeit, um alle Wege zu erledigen und das Beerdigungsritual ganz nach dem Willen der Mutter zu gestalten. Ihrem Wunsch entsprechend fand sie ihre letzte Ruhe auf dem Friedhof ihres Heimatortes. Der Pfarrer, der sie bestattete, kannte sie gut und sprach beim Trauergottesdienst in der Kirche sogar einige sehr persönliche Worte, was sonst eigentlich nicht üblich war und vor allem Annas Brüder überraschte. Anna war eher darüber erstaunt, dass sie die Erkenntnis, mit dem Tod der Mutter nun endgültig kein Kind mehr zu sein, doch sehr mitnahm: „Nun sind wir an der Reihe, es ist keiner mehr über uns", stellte einer ihrer Brüder traurig fest.

25

Aber um in tiefer Trauer zu versinken, blieb Anna allerdings gar keine Zeit. Ein neues Schuljahr begann und wieder wartete eine 1. Klasse auf die Einschulung und ihre Klassenlehrerin. Anna war an ihre „Stammschule“ zurückgekehrt. Sie hatte schon einige ihrer zukünftigen Schüler im Vorfeld kennengelernt und freute sich auf die Arbeit mit den Erstklässlern.

Aber erst mal war die zu Schuljahresbeginn übliche Fortbildung zu absolvieren. Das Kollegium an Annas Schule war erheblich dezimiert worden, da vor allem viele ihrer jungen Kolleginnen entlassen oder versetzt worden waren. Anna haderte mit dieser Entscheidung, denn gerade mit diesen jungen Leuten hatte sie gern zusammengearbeitet. Aber nach einem vom Schulamt erarbeiteten Punktesystem hatten diese Kolleginnen wenige Chancen, weiter beschäftigt zu werden, da vor allem die Anzahl der Dienstjahre und vorhandene Kinder Punkte einbrachten. Hier waren Anna und ihre älteren Kolleginnen eindeutig im Vorteil. Ob diese Personalentscheidungen auch im Interesse der Schüler und der Personalentwicklung überhaupt getroffen wurden, da hatte Anna – und nicht nur sie – so ihre Bedenken.

Keine Zweifel hatte Anna am Ablauf der Fortbildungsveranstaltung: Zuerst wird ein Stuhlkreis gebildet, danach jedem ein Namensschild verpasst und selbstverständlich verwenden wir dann auch das sogenannte „Arbeits - Du“. Wie Anna diese bei diversen Fortbildungen üblich gewordenen Rituale hasste! Nach dem sie anfänglich zu jeder Weiterbildung gerannt war, bei der sie voller Begeisterung neue Lernmethoden kennenlernte und auch ausprobierte, setzte nun das kritische Hinterfragen ein: Ist das sinnvoll? Führt diese oder jene Lernmethode auch tatsächlich zu den gewünschten Ergebnissen? Ist es zum Beispiel wirklich von Vorteil, das Lesen lernen ohne Fibel, also ohne Buch zu praktizieren? Noch brisanter wurde es allerdings, als man auf Teufel komm raus den jahrgangsübergreifenden Unterricht als die allein zum Erfolg führende Methode pries und ihn auch gegen großen Widerstand an den Schulen durchdrückte. Einst war gerade die Abschaffung des Mehrstufenunterrichts als Fortschritt gefeiert worden, nun also die Rolle rückwärts. Zuerst führte man die sogenannte „Schuleingangsphase" ein, in der die Schüler der 1. und 2. Klasse gemeinsam unterrichtet werden, später sollten weitere Klassenstufen folgen. Von Leuten aus dem Schulamt, dem Kultusministerium und anderen selbsternannten Experten wurde die kühne These vertreten, dass „die vielen kleinen Lehrer" also die jeweils älteren Schüler den Jüngeren den Lernstoff gut erklären und beibringen könnten und der Lehrer mehr und mehr die Rolle des Beraters und Organisators übernehmen würde. Ein Lehrer, der lehrt? Und vielleicht auch noch Frontalunterricht erteilt? Das sollte endgültig vorbei sein. Wer es trotzdem tat, beging gleichermaßen eine Todsünde.

Aber Anna hatte da so ihre Zweifel und so kam es zu heftigen Diskussionen im Lehrekollegium und auch in der Öffentlichkeit. Aber auch die Eltern waren nicht hellauf begeistert von den neuen Strukturen und wunderten sich, dass ihr Schulanfänger nicht in die 1. Klasse kam, sondern in die „Stammgruppe1" eingeschult wurde. Trotz aller wohlmeinenden Erklärungen, niemand konnte Anna verdeutlichen, welchen tatsächlichen Vorteil diese Art von jahrgangsgemischtem Unterricht brachte. Zwischen Theorie und Wirklichkeit klaffte wie so oft eine Lücke. Da Anna so vehement gestritten hatte, bekam sie also zum neuen Schuljahr wieder eine ganz „normale“ 1. Klasse, die nach ihrer Meinung garantiert genug Mischung enthielt.

26

Die Zeit der großen Freiheit nach der Wende ging langsam aber endgültig ihrem Ende entgegen, alte und vor allem neue Zwänge nahmen ihren Platz ein. Ein durchaus angenehmer Zwang bestand darin, dass es in der 1. Klasse keine Zensuren mehr gab und auch im ersten Halbjahr der 2. Klasse wurden keine Noten mehr erteilt. Für Anna stellte das „Nichtzensieren“ kein allzu großes Problem da, denn es bedeutete ja nicht, den Schüler und seine erbrachten Leistungen nicht zu bewerten. Bewertet musste natürlich werden, wenn auch nicht in Form einer Zensur. Während Annas Schüler sehr schnell erkannten, was sie konnten oder auch nicht, hatten vor allem die Eltern Bedenken, dass sie ihre Kinder ohne Benotung nicht richtig einschätzen könnten. Außerdem hegten sie Zweifel, ob so ganz ohne Zensuren überhaupt ernsthaft genug gelernt würde. Aber diese Befürchtungen erwiesen sich als unbegründet. Anna bewertete die Leistungen ihrer Schüler auf andere Art und Weise, auch mit Hilfe von Stempeln zum Beispiel. So wurden statt Einsen oder Zweien der „Lesekönig“ oder der „Rechenmeister“ zu erstrebenswerten Objekten. Und „Kundi“, der einst in der DDR-Kinderzeitschrift „Atze“ als Gesundheitsmännchen seinen Dienst tat, wurde der absolute Stempelliebling ihrer Schüler. Außerdem gab es sehr umfangreiche Zeugnisbeurteilungen, die die Eltern über jedes Detail der schulischen Entwicklung ihres Kindes informierten. Ob diese Detailversessenheit angebracht war, das stand für Anna auf einem anderen Blatt. Plötzlich wurde es auch „Mode“, Zeugnisse in Form eines Briefes zu schreiben und somit den Schüler direkt anzusprechen und kindgerechte Formulierungen zu verwenden. Aber sehr schnell kam der Einspruch von „oben“, dass ein Zeugnis ein Dokument sei und keinesfalls in Briefform zu verfassen ist. Selbstverständlich könne man zusätzlich zum eigentlichen Zeugnis dem Schüler auch noch einen Brief schreiben, der hätte aber keinerlei offiziellen Charakter. Also zurück zu den alt bewährten Zeugnissen, die Anna immer noch per Hand auf das Zeugnisformular schrieb.

Zwänge ganz anderer Art sollten Anna und ihre Kollegen in naher und ferner Zukunft begleiten. Und wie so oft kamen sie unter einem ziemlich verwirrenden Namen daher, noch dazu mit englischer Vokabel verbrämt: Das „Floating-Modell“. Als Anna im Englischwörterbuch nachsah, wurde die Verwirrung nicht geringer, denn das Wort „float“ übersetzte man mit „schwimmen, treiben (lassen), schweben“. Wer oder was sollte hier schwimmen oder gar schweben? Und von „treiben lassen“ im Lehrerberuf hatte Anna auch noch nichts gehört, Anna dachte dabei eher an ein Boot im Wind. Doch die Leute vom Amt, genauer gesagt vom Kultusministerium, hatten bestimmt nicht ohne Grund diese Wortschöpfung kreiert: Englisch verpackt sind quasi Zwangsteilzeit und damit verbundene erhebliche Gehaltseinbußen – und das war ja das Ganze letztendlich – leichter zu ertragen? War dies auch das Motiv der Leute aus dem „Kultus“ für die Schaffung eines solchen Wortmonsters „Floating-Modell“? Für Anna und ihre Kolleginnen in der Grundschule bedeute es jedenfalls, dass ihre Arbeitszeit über einen Zeitraum von 13 (in Worten dreizehn!) Jahren bis auf 50 Prozent abgesenkt würde und damit natürlich auch ihr Verdienst.

Im Laufe dieser 13 Jahre würden dann Arbeitszeit und Gehalt langsam wieder ansteigen bis irgendwann in weiter Ferne wieder die Vollbeschäftigung winkte. Wow, auf so eine Idee musste man erst mal kommen! Versüßt wurde das Ganze mit dem Bonbon „Kündigungsschutz", damit sollte das „Angebot" schmackhaft gemacht werden.

Erstmal hatte Anna zu Hause damit zu tun, ihrem Georg „das Angebot zur Erreichung einer sozial verträglichen Personalentwicklung" wie es im Amtsdeutsch hieß, zu erklären. Georg fragte wieder und wieder nach: „Sag mal, sehe ich das richtig, du erkaufst dir mit dieser Form von Teilzeitarbeit Kündigungsschutz? Und erst im Jahr 2010 kannst du wieder voll arbeiten? Man, das ist aber noch lange hin!" „Spätestens bis zum Schuljahresende muss ich mich aber auf jeden Fall entscheiden, müssen *wir* uns entscheiden! Also, was soll ich machen?"

Ja, was sollte Anna tun? Hatte sie tatsächlich eine Alternative? Zu ihrem großen Erstaunen musste Georg gar nicht so lange überlegen, um zu einer Entscheidung zu kommen. „Du wirst das Angebot annehmen. Du hast keine andere Wahl, wenn du dadurch Kündigungsschutz erwirbst. Für mich in der freien Wirtschaft gibt es sowas auf gar keinen Fall. Also, sollte ich mal gekündigt werden, dann bist du wenigstens sicher Meine Firma ist den Gesetzen der Marktwirtschaft unterworfen, da gibt es nichts Sicheres."

27

Sicherheit. Das war das Wort der Stunde, denn Sicherheit gab es eigentlich für nichts und niemanden mehr. Und nun konnte man sie sich erkaufen, einfach so mit einer Unterschrift unter einem Vertrag. Aber die Zweifel blieben: Konnten Georg und Anna die erhebliche Geldeinbuße verkraften?

Beide Söhne wollten studieren, beim ältestem Sohn Michael stand der Studienbeginn unmittelbar bevor. Der wollte sofort nach Beendigung seines Zivildienstes mit dem Studium loslegen und war gerade dabei sich zu bewerben.

In der Schule wurde in jeder freien Minute heftig diskutiert: „Also, wenn alle unterschreiben und ins „Floating“ gehen, dann muss niemand entlassen werden und wir können alle zusammen weiterarbeiten“, meinten die einen. Andere kamen zu dem Schluss: „Eine echte Entscheidungsfreiheit haben wir doch gar nicht, das ist doch wie früher f r e i w i l l i g e r Z w a n g und uns bleibt nichts anderes übrig.“ „Wir sollten uns noch mal mit der Gewerkschaft beraten und versuchen, bessere Bedingungen auszuhandeln“, war auch zu hören. Und dann gab es auch die Kolleginnen, die sich bei all diesen Gesprächen einfach raushielten und ihre Meinung für sich behielten. „Wir dürfen uns auf keinen Fall auseinanderdividieren lassen, sonst machen die mit uns was sie wollen“, war auch ein Argument, wenn auch ein sehr leises. Aber für Appelle an das Gemeinschaftsgefühl war es längst zu spät. Das hatte Anna schnell erkannt, aber nicht schnell genug, um daraus die richtigen Schlussfolgerungen zu ziehen.

Ein WIR gab es nicht mehr. Hatte man unmittelbar nach der Wende, Anfang der 90er Jahre noch gemeinsam in Berlin dafür demonstriert, dass die Studienabschlüsse Ost auch im vereinten Deutschland anerkannt wurden, galt jetzt die Devise „Jeder ist sich selbst der Nächste". Längst hatten die Schulbehörden damit begonnen, nach dem alten und so bewährten Grundsatz „Teile und herrsche!" zu verfahren. Den Mitgliedern der Schulleitung hatte man die Verbeamtung in Aussicht gestellt und dann auch zügig damit begonnen. Auch andere Kollegen, die noch jung genug waren, nutzten die Möglichkeit, sich verbeamten zu lassen. War man früher Gleicher unter Gleichen, regierte nun mehr der Unterschied: Hier Beamte, denen ihr Status die entsprechende finanzielle Sicherheit verlieh, aber auch die entsprechende Staatstreue abverlangte. Dort die angestellten Lehrer, die schlechter bezahlt wurden, jedoch ab und zu aufmüpfig sein und auch streiken durften. Von der Höhe der zukünftigen Renten- oder Pensionsansprüche gar nicht zu reden. Mitglied in einer Gewerkschaft zu sein war nicht mehr die Regel, sondern eher die Ausnahme. Dass auch im öffentlichen Dienst, also auch in den Schulen, über Tarifverhandlungen Gehaltserhöhungen erstritten werden und notfalls auch ein Arbeitskampf in Form von Streiks geführt werden musste, dass interessierte längst nicht mehr alle, die an einer Schule arbeiteten, Um so mehr freute sich Anna, dass sie auf den verschiedensten Demos ihrer Gewerkschaft immer wieder mal ein paar alte Studienfreunde traf, die sich auch weiterhin engagierten.

Plötzlich machte in Kollegenkreisen ein Gerücht die Runde, dessen Wahrheitsgehalt Anna am Anfang stark anzweifelte: Hessen, Thüringens Nachbarbundesland, wolle Thüringer Lehrer zu Westtarif beschäftigen! Das war ja interessant, aber stimmte es auch? Als tatsächlich ein paar Wochen später ein Artikel in der Zeitung darüber berichtete, dass die Kultusministerien der beiden Bundesländer zu diesem Thema Verhandlungen aufgenommen hätten, war Anna noch mehr verwirrt. „Stell dir mal vor", sagte sie zu Georg, „vielleicht habe ich auch die Möglichkeit im Westen zu arbeiten und verdiene sofort vielmehr Geld. Dann hätten wir einige Sorgen weniger." Aber Georg blieb skeptisch: „Wart erst mal ab, ob das überhaupt etwas wird, noch ist die Sache nicht in trockenen Tüchern." Der Termin für den Eintritt ins „Floating" rückte dagegen immer näher und Anna musste wohl oder übel eine Entscheidung treffen.

Von tiefen Zweifeln geplagt und das Für und Wider immer wieder abwägend, sah Anna für sich keine andere Möglichkeit, als ins Floating zu wechseln und damit in eine Teilzeit zu gehen, deren Tragweite sie noch nicht absehen konnte. Natürlich spielte auch eine große Rolle, dass Georg davon überzeugt war, alle anstehenden Probleme schon irgendwie zu bewältigen. „Wir schaffen das!" Dieser Satz sollte erst sehr viel später zu einer Floskel verkommen.

28

Zumindest lief bei ihrem Großen anscheinend alles problemlos. Michael hatte sich nur an einer einzigen Hochschule beworben und sofort eine Zusage bekommen. Sicher, das Abiturzeugnis ohne Worturteil, dafür aber mit dem entsprechenden Abiturdurchschnitt, sprach für sich. Er würde also ohne Verzögerung mit dem Frühjahrssemester `95/`96 sein Studium in einer Großstadt im Schwäbischen beginnen. Die Zimmersuche gestaltete sich nicht ganz so einfach, aber nach einer Zeitungsannonce in der dortigen regionalen Presse wurde Michael ein Zimmer im Souterrain eines herrschaftlichen Hauses in einem besseren Viertel der Stadt angeboten. Das „bessere Viertel" lag hoch oben auf dem Berg und garantierte so wenigstens etwas sauberere Luft, als unten im Talkessel. Das Souterrain-Zimmer entpuppte sich schlicht und ergreifend als Kellerraum – Tiefparterre eben. Merke: Auch französisch Verpacktes kann eine Mogelpackung sein! Trotzdem zog Michael bei Frau Stahl ein und auch hier stimmte der Spruch: Nomen ist Omen! Denn auch im „besseren" Viertel muss man sehen, wo man bleibt und kann sich in puncto Miete keine Sentimalitäten leisten, sondern muss knallhart oder besser stahlhart Mietforderungen durchsetzen. Wenn Michael dann alle paar Wochen mal nach Hause kam, immerhin betrug eine Fahrstrecke fast 500 Kilometer, entwich den mitgebrachten Klamotten stets ein Hauch des Souterrains: Sie rochen muffig! Daher wunderten sich Anna und Georg nicht, dass ihr Sohn nach nur einem knappen halben Jahr das Quartier wechselte und in eine WG zog, die vielleicht in einem nicht ganz so vornehmen Stadtviertel lag, ihm aber umso besser gefiel. Vor allem hatte Michael es satt, allein im Keller zu hausen, er liebte das gesellige Leben in der WG. Zu seiner Mutter sagte er nur etwas verschmitzt lächelnd: „Du hättest es bei Frau Stahl im Souterrain keine Woche ausgehalten, wenn du nämlich aus dem Fenster geschaut hast, fiel der Blick direkt auf die gegenüberliegende Garagenwand. Toll, was?" Anna musste schlucken. Sie wusste genau, wie recht doch ihr Sohn damit hatte.

Bei einem Besuch in Michaels WG stellte sich heraus, dass der Vermieter des Hauses, indem sich die Studentenwohnung befand, noch um Längen cleverer war als Frau Stahl in ihrem besseren Viertel. Er hatte das gesamte Mietshaus an Studenten vermietet, jedes einzelne Zimmer zu einem stolzen Preis und steigerte so seinen Profit um ein Vielfaches. Für Georg und Anna sehr gewöhnungsbedürftig, hatten sie doch beide in ihrer Studentenzeit im Wohnheim gewohnt und das zu einem Spottpreis. Aber Wehmut half hier am wenigsten, Plätze im Studentenwohnheim waren nun mal rar und auch nicht gerade billig. Außerdem gefiel ihrem Sohn das bunte Treiben in dieser Studenten-WG, von dem sich Anna und Georg bei ihrem Besuch selbst überzeugen konnten. Sicher durfte man nicht die häuslichen Maßstäbe anlegen, was Ordnung und Sauberkeit betraf, aber das war schließlich Sache der Bewohner. Am Abend traf man sich jedenfalls in der nun aufgeräumten Küche zu einem kleinen Umtrunk und Georg und Anna kamen sehr schnell mit den jungen Leuten ins Gespräch, bei dem lebhaft diskutiert und gelacht wurde. „Mensch, deine Eltern, die sind ja ganz in Ordnung, so locker, so ungezwungen. Und reden kann man mit denen auch!“, so lauteten anschließend die Kommentare der Mitbewohner in Michaels WG. Noch nicht jeder von ihnen hatte vorher die Gelegenheit gehabt, mit gemeinen „Ossis“ zu schwatzen. So aufschlussreich konnte also ein Elternbesuch in einer Studenten-WG sein!

29

Für Marc, den Jüngeren der beiden Söhne der Wanders, ließ das Studentenleben noch auf sich warten. Er kämpfte sich tapfer durch die Abiturprüfungen und erhielt in feierlicher Form in einer Museumskirche sein Reifezeugnis. Und auch auf diesem amtlichen Dokument: Keinerlei Worturteil! Auch hier nur eine einzige Zahl von Bedeutung: Der Abiturdurchschnitt! Doch der konnte sich durchaus sehen lassen und machte Hoffnung auf einen Studienplatz nach Wahl.

Aber das spielte erst mal keine Rolle, hatte sich Marc doch dafür entschieden, zuerst mal seinen Grundwehrdienst beim Bund zu absolvieren. Im Gegensatz zu seinem älteren Bruder sah Marc kein Problem darin, Wehrdienst zu leisten. „Den sitz' ich doch mit einer Arschbacke ab!", war sein etwas respektloser Kommentar zu seinem nun nur noch zehn Monate dauernden Bundeswehreinsatz. Und es blieb auch dabei, obwohl er mit durchaus attraktiven Angeboten für eine weitere Karriere in der Armee gewonnen werden sollte. „Das ist auf Dauer nichts für mich, ich habe andere Vorstellungen von meinem zukünftigen Leben", machte er eine ganz klare Ansage bei den Leuten, die ihn werben wollten. So fuhr er Woche für Woche in die kleine Stadt unweit des Kyffhäusergebirges um „zu dienen", wem auch immer. Die Wochenenden verbachte er zu Hause, Anna sah ihn so gut wie nie in Uniform. Eigentlich hatten Anna und Georg ihren jüngsten Spross nur zur Vereidigung in Uniform erlebt. Diese Zeremonie fand bei strömendem Regen auf einem Sportplatz im Thüringer Wald statt und hatte nur wenig Feierliches. Glanz verleihen sollte der Veranstaltung zumindest der Auftritt eines Kanzleramtsministers, dessen Sohn auch vereidigt wurde, aber auch davon war wenig zu spüren. Marc hatte nur eins im Sinn: So schnell wie möglich nach Hause zu kommen. Also kein Berauschen am militärischen Brimborium! Als Georgs Mutter nach einem Foto von ihrem nun als Soldat tätigen Enkel fragte, konnte Anna nur mit den Schultern zucken: Damit konnte sie tatsächlich nicht dienen. Allerdings konnte sie sich aber auch nicht die Frage verkneifen: „Möchtest du auch noch ein Foto von unserem Michael, auf dem er als Zivi zu sehen ist?“ Dass diese Bemerkung eher Unverständnis als Zustimmung bei ihrer Schwiegermutter hervorrufen würde, nahm Anna in Kauf.

Zum Glück gestaltete sich die gesamte Aktion „Wehrdienst“ als kurze und vor allem friedliche Episode, die das Familienleben der Wanders nicht sonderlich beeinträchtigte. Viel mehr bewegte Anna und Georg, wie und wo sie zukünftig wohnen sollten. Bis dahin hatte das keine Rolle gespielt, seit über 15 Jahren wohnten sie in einem Plattenbau, der sich in unmittelbarer Nähe von Annas Schule befand. Außerdem war auch der Schrebergarten nicht sehr weit entfernt, in dem sie einen Großteil ihrer Freizeit verbrachten. Einstmals war die Familie durch einen Wohnungstausch zu dieser Wohnung gekommen, die immerhin über zwei, wenn auch kleine Kinderzimmer verfügte. Dass sie dagegen keinen Balkon hatte, machte nur der nahgelegene Garten wett. Noch dazu war die Aussicht hervorragend, man konnte über die ganze Stadt schauen bis hin zum Thüringer Wald, wo bei klarer Sicht sogar der Inselsberg zu erkennen war.

Natürlich hatte diese Wohnung auch so ihre Macken, die besonders Anna regelmäßig fast verzweifeln ließen, vor allem dann, wenn bei Regenwetter das Wasser in breiter Spur die Wand unter den Fenstern herunterlief. Obwohl dieser Mangel in all den Jahren, die sie in dieser Wohnung zubrachten, wieder und wieder bei der städtischen Wohnungsverwaltung angezeigt wurde, bekam die das Problem nicht in den Griff. Vielmehr kam es immer wieder zu lautstarken Auseinandersetzungen zwischen Anna und ihrem Vermieter, wenn sie energisch Änderung dieses Zustands einforderte. „Nicht die schon wieder!", das meinte Anna manchen Mitarbeiter raunen zu hören, wenn sie in der Wohnungsverwaltung auftauchte, auch um ihren Unmut Luft zu machen. Noch dazu wo sie auch schon bei anderen diversen „Problemchen" nicht klein beigegeben hatte, sondern eine Veränderung erzwungen hatte. So wurde in Ermangelung eines entsprechend großen Heizkörpers, um das Wohnzimmer mit drei Außenwänden warm zu kriegen, ein zweiter Heizkörper angeschweißt. Das dabei entstandene Heizungsungetüm sorgte endlich dafür, dass man sich im Wohnzimmer wohl fühlen konnte. Mangelwirtschaft macht eben erfinderisch!

Mitte der neunziger Jahre, die Marktwirtschaft machte es möglich, ließ die Wohnungsverwaltung sogar neue Fenster einbauen, so dass die Mehrzahl der Mieter, genau wie Georg und Anna, eigentlich davon ausging, dass die Häuser ihres relativ kleinen, überschaubaren Neubaugebietes erhalten blieben und nicht der Abrissbirne zum Opfer fallen würden. Eigentlich...

30

Aber schon hatten diejenigen, die es sich leisten konnten, die immer wieder geschmähte „Platte" verlassen und anderswo vermeintlich bessere Wohnungen bezogen oder sich auf das Abenteuer Hauskauf oder gar Hausbau eingelassen. Für Anna und Georg war das kein Thema. „So schnell wird schon nichts abgerissen werden, wir wohnen doch gut hier und vor allem verkehrstechnisch so günstig, überallhin haben wir kurze Wege, sei es zur Arbeit, in die Schule, in den Garten oder zur Oma." Darin waren sie sich einig. Und die Jungs sich übrigens auch. „Wir wollen hier nicht weg, vor allem nicht aufs Dorf!", erklärten sie mit Nachdruck. Denn auch dieser Trend entwickelte sich: In den Dörfern ringsum die Kreisstadt entstanden Eigenheimsiedlungen, in die viele Städter zogen. Einmal wegen der wahrscheinlich etwas günstigeren Immobilienpreise, andererseits wegen der Ruhe und der ländlichen Lebensart, die gerade hoch im Kurs standen.

So verließen auch Annas und Georgs Nachbarn die einst so begehrte Neubauwohnung mit Fernheizung in Richtung Dorf, um dort in einem ererbten Haus eine Wohnung herzurichten und zu beziehen. Das Arztehepaar, das auch im Neubaublock wohnte, hatte da längst die Flucht ergriffen und ein Haus in einer attraktiven Stadtrandlage erworben und standesgemäß bezogen. Auch Teile der Verwandtschaft waren ins Immobiliengeschäft eingestiegen und hatten sich mal mehr oder weniger stark mit den dazu nötigen Krediten verschuldet. Dieses „Schuldenmachen" war nicht nur Anna und Georg suspekt, nein, wie die meisten ehemaligen DDR-Bürger hatten sie da so ihre Vorbehalte, einfach deshalb, weil sie bis dahin nicht in die Verlegenheit gekommen waren, einen Kredit aufnehmen zu müssen, da es kaum Wohneigentum zu erwerben gab und der Bau eines Hauses ein nicht zu kalkulierendes Abenteuer darstellte.

Außerdem, woher das Geld nehmen, wenn ganz andere Ausgaben Vorrang hatten? Denn es stand ja fest, dass die Familie Wander über kurz oder lang

z w e i Studenten zu finanzieren hatte.

Nach seinem Grundwehrdienst hatte Marc damit begonnen, sich an verschiedensten Universitäten zu bewerben und die entsprechenden Unterlagen versandt. So wartete er nun tagtäglich auf Antwort, immer in der Hoffnung auf eine Zusage. Aber die ließ erst mal auf sich warten und die ganze Familie befiel eine merkwürdige Unruhe. Vor allem Anna stellte sich immer wieder die Frage: Was tun, wenn es mit dem Studienbeginn in diesem Herbst nicht klappen sollte?“ Georg meinte: „Vielleicht hätte unser Sohn doch beim Bund bleiben sollen und hätte auch dort studieren können. Dann wäre er alle Existenzsorgen los gewesen.“ Aber hier widersprach ihm Anna heftig: „Nein, Marc soll auf keinen Fall beruflich etwas tun, was er eigentlich nicht will, selbst wenn er dabei gutes Geld verdient hätte!“

Ganz und gar unübersichtlich wurde die Situation, als für ein Fach tatsächlich eine Zusage kam, für das zweite Fach, das aber zwingend notwendig war, kam dagegen eine Absage. Aber Marc ließ sich auch nicht umstimmen: „Es bleibt dabei, ich studiere Medienwissenschaften und Politologie, irgendwo wird es schon klappen.“ Und er hatte Glück. Im Nachrückverfahren erhielt er die Zusage für seine Wunschfächer und startete ohne große Unterbrechung im Herbst `98 sein Studentendasein in einer Stadt im Niedersächsischen.

31

Die nun notwendige Wohnungssuche gestaltete sich als wahre Odyssee. Die Zeit drängte, denn der Studienbeginn stand unmittelbar bevor.

Da Anna und Georg ihren Sohn zum Einschreibungstermin chauffiert hatten, konnten sie unmittelbar miterleben, wie schwierig es war, so kurz vor Semesterbeginn noch eine akzeptable Unterkunft zu ergattern. Der erste Weg führte zum Studentenwerk, aber ein Zimmer im Wohnheim zu beziehen, war aussichtslos, alle Wohnheimplätze waren längst vergeben. Also wurden sämtliche Aushänge am schwarzen Brett studiert, Adressen notiert und sich auf den Weg gemacht, um irgendwo noch ein Zimmer oder zu mindestens ein Bett zu finden.

Anna sträubten sich förmlich die Haare, was sie da so zu sehen bekamen: Wohnungen, die aussahen, als stünde die Sperrmüllabfuhr unmittelbar bevor, Zimmer, die so klein waren, dass man sich kaum darin drehen, geschweige denn darin leben konnte und Preise, die dazu in keinem Verhältnis standen. Ganz im Gegensatz dazu die Wohnräume in einer Villa, deren Adresse sie auch am schwarzen Brett gefunden hatten: Große, helle Räume, aufgeräumt und sehr gediegen eingerichtet, eine Küche rundum aus Edelstahl, die nur so blitzte. Hier ein Zimmer zu beziehen, glich einem Fünfer im Lotto. Aber wo war der Haken? Sowohl Marc als auch Anna und Georg schauten sich an und wussten, es musste einen Haken geben. Schnell stellte sich heraus, dass die Villa einer Burschenschaft gehörte, dass hier also Studenten wohnten, die einer sogenannten „schlagenden Verbindung“ angehörten. Dass sich diese

Studenten den alten Sitten und Gebräuchen verpflichtet fühlten und diese auch praktizierten, wurde spätestens dann klar, als sie den Fechtboden vorgeführt bekamen. Hier brachte man sich also gegenseitig die Schmisse bei und pflegte Rituale, die Anna und Georg nur aus Büchern und Marc wahrscheinlich überhaupt nicht kannte.

Ausgesprochen höflich führte man die drei durch das Haus: Junge Leute, die wie aus dem Ei gepellt aussahen, erklärten ihnen die Vorzüge dieser komfortablen Unterkunft. Erst als Marc die Frage nach seiner Studienrichtung mit „Medienwissenschaften, Medientechnik und Politologie" beantwortete, reagierte man etwas pikiert: So etwas hatte man bis jetzt nicht im Vereinshaus gehabt. Der klassische Korpsstudent studierte Medizin, Jura, Betriebswirtschaft und kam aus entsprechendem Elternhaus.

Aber keine Angst, man würde auch weiterhin unter seinesgleichen bleiben, denn trotz der ausgetauschten Höflichkeiten und trotz aller Wohnungsnot war klar: Hier würde Marc auf keinen Fall einziehen, diese Art des studentischen Lebens war absolut nicht sein Ding.

Am Ende klappte es dann doch noch mit einer Studentenbude, die zwar etwas außerhalb lag und daher auch bezahlbar war. Marc sah das ganz pragmatisch: „Lasst mich erst mal einziehen, später find` ich bestimmt auch noch was Besseres."

Schnell ging der kleine Umzug über die Bühne und das Studentenleben konnte beginnen. Und auch hier das gleiche Spiel wie bei Michael: Nach einem guten halben Jahr zog Marc mit einem Studienfreund in eine kleine Zwei-Zimmer-Wohnung mit Küche und Bad, verkehrsgünstig gelegen, wenn auch unmittelbar neben einer

Tanzschule. Aber das ständige „Eins, zwei, drei“ und die dazu passende, für die Ohren der jungen Leute eher gewöhnungsbedürftige Musik, störte die beiden nicht. Marc hatte das Zimmer zur Straße gelost, da hörte er sowieso eher den Verkehrslärm. „Hier fährt dir ja die Straßenbahn direkt über die Füße, wenn du im Bett liegst“, meinte Anna nur lakonisch, aber Marc gewöhnte sich schnell an die Situation und blieb während seiner gesamten weiteren Studienzeit in dieser Wohnung wohnen.

32

Um die Miete zu bezahlen, brauchte es natürlich die regelmäßige finanzielle Unterstützung der Eltern. Für Anna und Georg war klar, dass die Ausbildung ihrer Söhne Vorrang hatte und sie eigene Ansprüche dafür zurückschrauben würden. Außerdem gab es ja auch noch die Möglichkeit, einen Antrag auf „BAföG" zu stellen. Hier hatte man das Wortungetüm „Bundesausbildungsförderungsgesetz" zur Abkürzung „BAföG" verstümmelt und die war mittlerweile auch im ostdeutschen Sprachgebrauch angekommen. Früher nannte man das „Stipendium", heute also Bafög. Als Familie Wander sich notgedrungen etwa gründlicher mit der Materie befasste, wurde dann aber schnell klar, dass ein entscheidender Unterschied zwischen einem Stipendium und diesem Bafög bestand: Nur die Hälfte davon war ein Zuschuss, die andere Hälfte ein zinsloses Darlehen, das auf jeden Fall nach Beendigung des Studiums zurückgezahlt werden musste. Nichtsdestotrotz stellten beide Jungs einen Antrag auf Förderung, denn gerade, weil sie nun beide studierten, stieg die Wahrscheinlichkeit, dass auch tatsächlich etwas gezahlt wurde. Aber ehe es soweit war, musste eine Menge Papier bewegt und Bescheinigungen über alles und nichts beigebracht werden. In erster Linie natürlich Lohn- und Gehaltsbescheinigungen der Eltern. Anna pflegte regelmäßigen Telefonkontakt mit den Damen von Amt. Als besonders schwieriges Unterfangen stellte sich heraus, der Mitarbeiterin zu verdeutlichen, dass Annas Gehalt im Rahmen des Floating-Modells sich weiter verringern würde. „Floating? Was soll denn das sein?

So was hab' ich ja noch nie gehört. Sowas gibt's bei uns nicht. Lehrer sind doch Beamte, da steigt das Gehalt von Stufe zu Stufe", erklärte sie Anna im breitesten schwäbischen Dialekt. Schön wär's, dachte Anna und stellte den nächsten notwendigen Antrag, der sich sinniger- oder unsinnerigerweise „Einkommensaktualisierungsantrag" nannte. Und irgendwann war es dann endlich so weit: Das erste BAföG wurde gezahlt! Zusammen mit der monatlichen Finanzspritze der Eltern sicherte es wenigstens die Grundbedürfnisse, zwang aber sowohl Michael als auch Marc regelmäßig in den Semesterferien und darüber hinaus zu arbeiten. So „schaffte" der eine „beim Daimler", der andere bei VW, das Studentenleben gestaltete sich erträglich und die Autobranche im Land florierte.

33

Für Anna und Georg ging das Leben in der einst so begehrten Wohnung im Plattenbau, in der sie immerhin 16 Jahre zugebracht hatten, definitiv zu Ende. Nachdem sich die Gerüchte mehr und mehr verdichteten, dass auch ihr kleines und fast gemütliches Neubauviertel dem Abriss preisgegeben würde, blieb ihnen nichts weiter übrig, als die Initiative zu ergreifen und sich eine neue Bleibe zu suchen. Sie wollten auf keinen Fall warten, bis die Abrissbirne ihnen buchstäblich den Boden unter den Füßen wegzog. Obwohl in anderen Städten Projekte gestartet wurden, um die Plattenbauten durch entsprechenden Umbau attraktiver zu gestalten und dabei Wohnungen entstanden, die durchaus akzeptabel waren, gab man ihrem Wohngebiet keine Chance: Es sollte abgerissen werden.

Nach langem hin und her und vielen schlaflosen Nächten hatten sich Georg und Anna entschlossen, in einem Dorf unweit ihres bisherigen Wohnortes eine Doppelhaushälfte zu erwerben. Die war gleich nach der Wende gebaut worden und stand nun zum Verkauf, da ihre Besitzer zurück in die Stadt ziehen wollten, um sich besser ihren beruflichen Aufgaben in der eigenen Firma widmen zu können. Außerdem waren diese Leute wohl auch eher Stadtmenschen und vor allem finanziell in der Lage, erneut ein Haus zu bauen. Anna hatte auf eine Anzeige in der Zeitung hin Kontakt mit dem Makler aufgenommen, der auch recht zügig einen Besichtigungstermin anbot.

Der erste Eindruck bei der Besichtigung der Immobilie war ein guter, obwohl allein der Begriff „Immobilie“ Anna nur schwer über die Lippen ging. Sich die Tragweite der Entscheidung immer wieder bewusst machend, lebte Anna in permanente Unruhe. Die beiden Söhne dagegen sahen den Hauskauf eher pragmatisch und meinten unisono: „Ihr könnt hinziehen, wohin ihr wollt. Wir wohnen doch eh schon woanders und werden aller Wahrscheinlichkeit auch nicht wiederkommen. Und besuchen werden wir euch überall, egal wo ihr hinzieht. Also, alles allein eure Entscheidung."

Ja, die Entscheidung war die eine Seite der Medaille, die Finanzierung des Projektes die andere weitaus schwierigere. Zwar boten mittlerweile unzählige Banken und Bausparkassen ihre Dienste an, aber Anna und Georg fehlte einfach die Erfahrung im Umgang mit solchen Institutionen. Aber dafür sprang ja der Makler in die Bresche und empfahl die Bank seines Vertrauens. Deren junge Mitarbeiterin, die aus Bayern kam, setzte jedoch kein Vertrauen in die finanziellen Verhältnisse der Familie Wander. Nein, ganz im Gegenteil, sie hatte erhebliche Zweifel, dass Georg und Anna den Hauskauf tatsächlich stemmen könnten. Noch dazu, wo beide Söhne studierten und demzufolge Anspruch auf Unterhalt hatten. Die Rechnung, die diese junge Frau den Wanders aufmachte, ließ den Umzug ins eigene Heim, wie es so schön heißt, in weite Ferne rücken, ja geradezu aussichtslos erscheinen.

In gedrückter Stimmung verließen Anna und Georg die Bank. Sie waren also nicht kreditwürdig! Georg konnte es einfach nicht fassen und machte seinem Ärger unmissverständlich Luft: „Das kann doch nicht wahr sein. Andere Leute kaufen oder bauen doch auch Häuser. Verdienen die so viel mehr als wir?" „Wahrscheinlich ist das so, die Dame hat schließlich so ihre Erfahrungen", meinte Anna.

„Sieh es doch einfach positiv, vielleicht bewahrt sie uns so vor Schlimmeren." Bei Anna übernahmen die Zweifel an ihrem Vorhaben die Oberhand. Aber sie hatte nicht mit Georgs fast verbissener Entschlossenheit gerechnet. Der fühlte sich durch die Ablehnung des Kreditantrages förmlich herausgefordert und setzte nun alles daran, doch noch zu einem Kredit für den Hauskauf zu kommen. „Wir suchen uns eine andere Bank. Die Berechnungen dieser jungen Kirsche aus Bayern sind doch hanebüchen. Die setzt ihre Westmaßstäbe an. Ich bin mir sicher, wir leben hier viel sparsamer, unsere Lebenshaltungskosten und auch die unserer Söhne hat sie viel zu hoch veranschlagt. Außerdem, den beiden Jungs wird auch weiterhin nichts anderes übrigbleiben, als neben ihrem Studium regelmäßig zu arbeiten, um selbst Geld für ihren Lebensunterhalt zu verdienen."

Anna dagegen hatte sich beinah schon damit abgefunden, dass das Projekt „Hauskauf" abgehakt war. Aber Georg ließ nicht locker: „Du, ich habe noch mal mit dem Makler gesprochen. Der meint auch, dass wir bei einer Bausparkasse auf jeden Fall eine Chance hätten, den Kredit doch noch zu bekommen und stell dir vor, ich kenne dort sogar einen der Mitarbeiter." Für Anna war klar, dass der Makler sich das Geschäft und die damit verbundene Provision auf keinen Fall entgehen lassen wollte. Selbst wenn es auch noch andere Interessenten geben sollte, Anna spürte, dass der Makler unbedingt mit ihnen zum Abschluss eines Kaufvertrages kommen wollte.

34

Immer wieder stellte sich Anna auch die Frage, ob der Gang an eine hessische Schule nicht doch die Lösung all ihrer Probleme sein könnte? Das damit verbundene höhere Gehalt sollte zu Mindestens reichen, die immer drängendere Wohnungsfrage zu lösen.

Tatsächlich regelten Thüringen und Hessen in einem Vertrag, dass Thüringen als erstes „neues Bundesland" Pädagogen in den Westen ausleiht, zu entsprechenden Konditionen natürlich: Das Gehalt der Lehrer zahlte weiter die thüringische Landeskasse, während die hessische den Rest zum Westtarif drauflegte – so mussten die Hessen nur rund 25 Prozent der Kosten für einen Lehrer tragen. Das nennt man wohl ein gutes Geschäft! Sogar das Nachrichtenmagazin „Spiegel" berichtete ausführlich darüber. Irgendein Kollege brachte die Kopie dieses Artikels mit in die Schule und nach und nach kursierte er durch sämtliche Schulkollegien im Umkreis. Für Anna war dieser Artikel in zweierlei Hinsicht von besonderem Interesse, war doch eine der Grundschullehrerinnen, über die berichtet wurde, wenn auch nur für kurze Zeit ihre Kollegin gewesen und hatte Anna bei einem Kuraufenthalt sogar in ihrer Klasse vertreten. Da ein Wechsel nach Hessen auch für Anna noch immer eine Option war, las sie den Artikel nicht nur einmal, sondern wieder und wieder. Aber nicht alles, was Anna da las, trug dazu bei, ihre Bedenken zu zerstreuen, denn nicht nur konservative Lehrerverbände und Politiker hatten so ihre Vorbehalte gegenüber den „Ostlern", auch Eltern und Kollegen zweifelten die Qualität der Lehrer von „drüben" an. Von Lehrern, mit dem „Image von Billiglehrern", die allenfalls das „Niveau von Kindergartenpersonal" hätten, war die Rede. Ein CDU-Politiker äußerte sogar „Zweifel an der demokratischen Grundeinstellung" der Kandidaten aus dem Osten. Der weitaus größte Teil der Kollegen, die den Schritt in den Westen dann doch gewagt hatten, berichteten jedoch darüber, dass sie mit offenen Armen aufgenommen worden seien. Eine von Annas ehemaligen Kolleginnen, die ihren Floatingantrag zurückzog und an eine Schule in eine Kleinstadt nach Hessen wechselte, lud Anna ein: „Besuch mich doch einfach mal an meiner neuen Schule, da kannst du dir selbst einen Eindruck verschaffen."

So machte sich Anna an einem Tag in den Winterferien auf, um sich vor Ort zu informieren. Und das, was sie zu sehen und zu hören bekam, beeindruckte Anna durchaus: Gut ausgestattete Klassenräume, normale Klassenstärken und sogar Doppelbesetzung durch eine Lehrerin und eine Lehramtsanwärterin. Ein Schüler im Rollstuhl wurde durch einen Zivildienstleistenden betreut. Der arbeitete als sogenannter „Integrationshelfer" und kümmerte sich ganz individuell um seinen Schützling. Auch an Annas Schule gab es Bestrebungen, integrativ zu arbeiten, hier konnte sie erleben, wie es in der Praxis funktioniert.

35

Hin - und hergerissen zwischen dem Wunsch, an ihrer alten so vertrauten Schule zu bleiben und der Möglichkeit, neues zu wagen und dadurch ihre Lebensverhältnisse zu verändern, ja zu verbessern, kehrte Anna von ihrer Stippvisite aus Hessen zurück. Was sollte sie tun?

Georg hörte interessiert zu, als sie von ihren Eindrücken erzählte, drängte sie aber zu keiner Entscheidung: „Du musst wissen, was du willst. Ich kann dir dabei nur bedingt helfen. Vielleicht solltest du erst mal mit deiner Chefin reden, die kann dir doch bestimmt einen Rat geben."

Ein paar Tage vergingen, ehe sich Anna eine Gelegenheit bot, ganz in Ruhe mit ihrer Schulleiterin über einen eventuellen Wechsel nach Hessen zu sprechen. Ihre Chefin war überrascht: „Du willst auch in den Westen?" Anna nickte nur stumm. „Eigentlich möchte ich dich lieber hierbehalten. Aber ich verstehe auch, dass dieses Angebot, für Westgehalt zu arbeiten, ziemlich lukrativ ist und werde dir keine Steine in den Weg legen. Entscheiden musst du es aber ganz allein." „Ja, ja das weiß ich und jeder sagt es mir auch, aber erstmal interessiert mich das Prozedere eines solchen Wechsels." „Kein Problem. Ich lege dir die Ausschreibung in dein Fach, du informierst dich über alle Modalitäten und erfährst, wo es Stellen in Hessen gibt, auf die du dich bewerben kannst. Und natürlich brauchst du auch eine aktuelle dienstliche Beurteilung, aber die sollte ebenfalls kein Problem sein." Mit gemischten Gefühlen verließ Anna das Sekretariat, nicht wirklich sicher, das Richtige zu tun.

In das Projekt Hauskauf war mittlerweile Bewegung gekommen. Die geduldigen Verhandlungen mit einer Bausparkasse zeigten Erfolg: Der Kreditvertrag über den Kauf einer Doppelhaushälfte wurde abgeschlossen, begünstigt auch durch die Tatsache, dass die Verkäufer den Preis noch etwas nach unten korrigierten. Der Kreditvermittler meinte optimistisch: „Ich sehe da gar keine Schwierigkeit. Wer bis jetzt soviel gespart hat wie sie, der packt auch die Rückzahlung des Kredits." Georg und Anna hatten hin und her gerechnet und sich entschieden, die Laufzeit des Kredits zu verlängern, dafür die Höhe der monatlichen Ratenzahlung zu vermindern. Besonders Anna hatte darauf gedrängt, unbedingt noch etwas finanziellen Spielraum zu lassen: „Wir müssen noch leben können und die Jungs auch. Da zahlen wir lieber zwei, drei Jahre länger zurück". Nur eins war beiden klar, mit dem Renteneintritt wollten sie mit der Rückzahlung fertig sein, aber bis dahin war es noch weit, sehr weit, mindestens 15 Jahre oder vielleicht noch mehr? So ganz genau konnte man das sowieso nicht vorhersehen. Und es gab ja dann immer noch die Möglichkeit, nach Hessen zu gehen...

Anna hatte sich umgehört und erfahren, dass auch weiterhin Lehrer aus Thüringen trotz aller Unkenrufe in Hessen willkommen waren. Sie hatte sogar die Schule besucht, zu der man unmittelbar nach der Wende erste Kontakte geknüpft hatte. Auch hier stand man den „Ostimporten" aufgeschlossen gegenüber, wie ihr der Schulleiter im Gespräch versicherte. Eigentlich auch logisch bei den Konditionen! Würde Annas beruflicher Weg zurückführen an die einstige thüringisch-hessische Grenze? Wäre ihr Arbeitsort dann auf der anderen Seite, im Westen?

Also begann sie, ihre Unterlagen zu sichten und auf den neusten Stand zu bringen: Zeugnisse, Lebenslauf, unzählige Weiterbildungsnachweise, Arbeitszeugnis. Diese so entscheidende Beurteilung hatte Annas Chefin, wie es so schön heißt, „zeitnah“ erstellt und Anna zur Kenntnisnahme vorgelegt. Sie konnte aufatmen: Alles im grünen Bereich! Zumindest konnte Anna nicht erkennen, dass irgendwelche zweifelhaften Formulierungen Raum für Interpretationen ließ. Anna wusste mittlerweile, dass zum Beispiel der Satz: „Sie war stets bemüht, die ihr gestellten Aufgaben zu erfüllen“, mehr Negatives als Positives in der ganz eigenen „Beurteilungssprache“ bedeutete. Der ganze Papierkram füllte einen DIN-A4-Umschlag und erfüllte sicher die gängigen Anforderungen an aussagekräftige Bewerbungsunterlagen. Jetzt galt es nur, den Umschlag ordentlich zu beschriften, abzuschicken und abzuwarten.

„Du kannst den Brief ruhig hierlassen, der geht dann am Donnerstag mit der Dienstpost direkt zum Schulamt“, bot Annas Chefin an. Anna zögerte einen Moment, reichte ihr dann aber den dicken Umschlag über den Schreibtisch.

Heute war erst Dienstag...

36

Der Winter `98/`!99 begann schon früh. Schon Mitte November bildete sich das erste Mal eine geschlossene Schneedecke und auf den Straßen entstand das übliche Verkehrschaos. Anna verfolgte jeden Abend den Wetterbericht im Fernsehen besonders aufmerksam, wollte sie doch rechtzeitig über die zu erwartenden Wetterverhältnisse informiert, vor allem aber gewappnet sein. Zu spät zur Schule zu kommen, für Anna einfach undenkbar. Denn die Zeiten, als nur ein paar Minuten Fußweg zwischen ihrer Wohnung und ihrem Arbeitsort Schule lagen, waren seit einigen Monaten Geschichte. Während für Georg als Außendienstler das tägliche Autofahren längst Routine geworden war, bedeutete es für Anna schon eine enorme Umstellung, den tagtäglichen Arbeitsweg mit dem Auto zurückzulegen. Aber wie so oft hatte Georg auch hier den passenden Spruch parat: „Also in die Schule fällst du nun zwar nicht mehr direkt rein, aber die 13 Kilometer schaffst du schon." Genau gesagt waren es natürlich 26 Kilometer, denn irgendwie musste Anna ja auch wieder zurückfahren. Irgendwann hatte auch Anna ihren Rhythmus gefunden und sich an das Autofahren gewöhnt.

Nicht irgendwann, sondern bereits zu Beginn der Sommerferien konnten die Wanders endlich die Doppelhaushälfte auf dem nahen Dorf beziehen, so dass Anna ihre Karriere als „Pendler" bereits unter sommerlichen Straßenverhältnissen starten konnte. Ohne eine professionelle Umzugsfirma zu engagieren, dafür aber mit der Hilfe sämtlicher Verwandten und Freunde ging dieser

Umzug über die Bühne. Allerdings hätte es an diesem Tag auf keinen Fall regnen dürfen, denn der Transport des ganzen Hausrates erfolgte auf einem offenen Lastwagen, den ein Freund besorgt hatte und selbstverständlich auch chauffierte. Aber das Wetter spielte mit und Anna und Georg atmeten tief durch, als die ganze Umzugsmannschaft dann bei Kartoffelsalat und Würstchen im Garten zusammensaß und es sich nach getaner Arbeit schmecken ließ. Auf Drängen der Freunde musste Georg seine Anna sogar über die Schwelle des Hauses tragen. Die neuen Nachbarn in dem 400-Seelen-Dorf applaudierten und brachten schon mal einen großen Teller Kuchen als Willkommensgeschenk. Über diese Geste war Anna so gerührt, dass ihr fast die Tränen kamen. Ihr war bewusst, dass gerade hier auf dem Dorf eine intakte, funktionierende Nachbarschaft enorm wichtig war, das hatte sie seit Kindheitstagen verinnerlicht. „Ein guter Nachbar ist oft mehr Wert als die gesamte Verwandtschaft!", das war einer der Sprüche ihrer Mutter, den sie mehr als einmal gehört hatte. Also betrachtete Anna es als gutes Omen, so herzlich von den neuen Nachbarn empfangen worden zu sein.

37

Nach all der Aufregung, die so ein Umzug mit sich brachte, war Anna froh, dass es auch weiterhin eine Konstante in ihrem Leben gab: Sie arbeitete nach den Sommerferien nach wie vor an ihrer alten, vertrauten Schule.

Nachdem Anna ihre Bewerbungsunterlagen abgegeben hatte, waren ihr mehr und mehr Zweifel, gekommen, tatsächlich das richtige getan zu haben. Wollte sie wirklich nur des Geldes wegen „ihre" Schule, ihre Schüler, ihre langjährigen Kollegen verlassen? War es die Angst vor dem Neuen, dem Unbekannten dort im Westen, die sie zögern ließ? Obwohl sie doch im Laufe ihres Lehrerdaseins schon mehrmals die Schule gewechselt hatte. War dieser Wechsel nicht ein ganz anderer? Einer, in ein unbekanntes, fremdes Land? Ein Land, in dem zwar dieselbe Sprache gesprochen wurde, das seit bald zehn Jahren wiedervereint war und das doch noch immer so ungewohnt anders erschien. Was letztendlich den Ausschlag für Annas Entscheidung gegeben hatte, konnte sie gar nicht so genau sagen.

Auf jeden Fall führte an diesem bewussten Donnerstagmorgen, als ihre Bewerbungsunterlagen zum Schulamt gehen sollten, Annas erster Weg ins Rektorenzimmer. Ihre Chefin saß an ihrem Schreibtisch und schaute sie erwartungsvoll an. „Ich möchte meine Unterlagen für den Wechsel nach Hessen zurück, ich habe es mir noch mal überlegt. Ich bleibe hier, gehe nicht in den Westen", sagte Anna mit fester Stimme. Ohne ein Wort zu erwidern und ohne etwas zu fragen stand die Rektorin auf, kam auf Anna zu und umarmte sie ganz fest. „Ich bin froh, dass du unserer Schule erhalten bleibst. Also, auf weitere gute Zusammenarbeit."

Am Ende war es wohl eine Bauchentscheidung gewesen, die Anna gefällt hatte. Aber sie war sich sicher: Ihr Platz war und blieb hier, an ihrer angestammten Schule im Osten. Und alles andere würde sich finden.

Auf ihrem täglichen Schulweg kam Anna auch weiterhin an ihrer alten, nunmehr leeren Wohnung im Plattenbau vorbei. Nach nicht allzu langer Zeit rückten die Bagger an und die Abrissbirne verrichtete ihre Arbeit. Oder sollte man nicht besser sagen, sie vernichtete Arbeit? Anna wollte dem Zerstörungswerk nicht länger zusehen und wählte eine andere Fahrroute zu ihrer Schule.

Aber nicht nur die Wohnung fiel der Abrissbirne zum Opfer, auch Georgs ehemaliger Betrieb wurde fast zur gleichen Zeit abgerissen. „Unsere Enkel werden hier später nur noch Grünflächen vorfinden und sich gar nicht vorstellen können, wie wir hier gelebt und gearbeitet haben", brachte es Georg etwas wehmütig auf den Punkt.

Anna war sich sicher: In nicht allzu ferner Zeit würde man händeringend nach Wohnungen suchen. Dass man deswegen allerdings den Abriss in Frage stellen würde, daran glaubte sie nicht.

Epilog

Schule und alles was dazu gehört interessieren Anna noch immer. Zeitungsberichte zu diesen Themen liest sie besonders aufmerksam, aber auch mit einer gewissen Gelassenheit.

Heute schreit ihr eine Titelzeile in der Zeitung förmlich entgegen. „Studie hat ergeben: Kinder lernen Rechtschreibung am besten mit der Fibel".

So, so, wer hätte das gedacht, die gute, alte Fibel wird also rehabilitiert! Anna muss schmunzeln. Sie freut sich schon auf all die vielen Leser, die sich zu diesem Artikel äußern werden. Schließlich weiß zu dieser Problematik doch jeder was zu sagen, denn jeder war mal in der Schule, wenn es auch vielleicht schon etwas länger her ist.

Auch für Anna ist die Arbeit in der Schule längst Vergangenheit. Georg hat dem Außendienst ebenfalls „Adieu" gesagt und so genießen sie gemeinsam den wohlverdienten Ruhestand, wie es im Zeitungsdeutsch immer so schön heißt. Gern würden sie viel mehr Zeit mit ihren Söhnen und deren Familien verbringen, aber die hat es nach ihrem Studium weit weg von Thüringen verschlagen. Der eine lebt „Tief im Westen, wo die Sonne verstaubt" wie Grönemeyer singt, der andere tief im Süden, in der „nördlichsten Stadt Italiens" wie der Münchner gern behauptet.

Trotzdem ist der Kontakt zu den Kindern immer noch eng - auch dank der modernen Medien. Telefonate, Gespräche via Skype oder fast tägliche WhatsApp Nachrichten sorgen dafür. Natürlich finden auch trotz der großen Entfernungen ab und an gegenseitige Besuche statt und das Enkelkind verbringt regelmäßig ein Teil seiner Ferien bei den Großeltern. Überhaupt, dieses Enkelkind ist ein großes Glück für die gesamte Familie Wander. Seine Fotos hängen überall im Haus.

Auf seinem Einschulungsbild sitzt der Junge an einer Schulbank. Vor ihm Bücher und Hefte, auch die Federmappe liegt bereit. Er schaut erwartungsvoll in die Kamera, ein schüchternes Lächeln umspielt sein Gesicht.

Anna erinnert sich sehr genau an den ersten Schultag ihres Enkels, der nun auch schon wieder über vier Jahre zurückliegt. Es war ein sehr schöner Tag, den die ganze Familie gemeinsam verbracht hat.

Georg und Anna nehmen rege Anteil an der Entwicklung ihres Enkelsohns und wissen ziemlich genau, was so in der Schule los ist und vor allem wie das letzte Fußballspiel mit seinem Verein ausgegangen ist.

Seit neustem besucht der Enkel nicht mehr die Grundschule. Ein „Übertrittszeugnis" (Anna kannte diesen Begriff nicht) berechtigt ihn dazu, ab dem neuen Schuljahr auf ein Gymnasium zu wechseln. Per WhatsApp kam auch das dazugehörige Foto ins Haus: Der Rektor des Gymnasiums begrüßt jeden neuen Schüler (immerhin 160!) mit Handschlag. Was für eine Willkommenskultur!

Das Übertrittszeugnis hat Georg extra ausgedruckt. „Damit du es gründlicher studieren und vor allem auch zwischen den Zeilen lesen kannst;" sagte er mit leicht spöttischem Unterton. Und das tat Anna auch tatsächlich: Das Zeugnis gründlich studieren. Es überrascht sie schon, wie allumfassend diese Zeugnisbeurteilung war, wie ausführlich das Sozial-, Lern -und Arbeitsverhalten des Schülers, ihres Enkels, eingeschätzt wurde. Auch die

Zensuren fehlten nicht, ebenso die Durchschnittsnote.

Schon beim ersten Lesen des umfangreichen Werkes, muss Anna an einer Stelle schmunzeln und denkt: Der Apfel fällt nicht weit vom Stamm. Da ist über ihren Enkel zu lesen:

„Mit Gerechtigkeitsempfinden reagiert er in Konfliktsituationen und setzt ich vermittelnd und ausgleichend ein. Der Schüler ist dazu fähig, in Streitfällen zu argumentieren und einen Kompromiss einzugehen."

Das sind ja mal echte Zeugnisformulierungen! Und doch kommen sie Anna unheimlich bekannt vor, vor allem das mit dem Gerechtigkeitsempfinden hat sie doch schon mal irgendwo gelesen.

Um sich zu vergewissern, holt sie das Zeugnisheft ihres Sohnes herbei. Und

was liest sie auf dessen Zeugnis, als er etwa im gleichen Alter wie der Enkel war:

„Sein ausgeprägter Gerechtigkeitssinn führt zu einer kritischen Auseinandersetzung mit seiner Umwelt. Er engagiert sich sehr für seine Mitschüler..."

Da hat sie es schwarz auf weiß. Ihre Erinnerung hat sie nicht getäuscht.

Und das mit dem Engagement für die Mitschüler kommt ihr auch irgendwie sehr vertraut vor...

Elisabeth Weber, Jahrgang 1951, studierte am Institut für Lehrerbildung in Nordhausen und erwarb 1971 den Abschluss als Grundschullehrerin. Sie arbeitete 40 Jahre lang an verschiedenen Grundschulen in Thüringen, ehe sie 2011 in den Ruhestand wechselte. Seitdem widmet sie sich verstärkt dem Schreiben und nahm an verschiedenen literarischen Wettbewerben teil. Sie ist Mitglied im Mühlhäuser Autorenkreis und veröffentlichte Gedichte und Kurzgeschichten im Rahmen von Anthologien. Elisabeth Weber ist verheiratet und hat zwei Söhne und einen Enkel. Sie lebt in der Nähe von Mühlhausen/Thüringen.